每一滴水都有它流淌的方向

MEIYIDI SHUI DOUYOU TA LIUTANG DE FANGXIANG

王国军 著

江西教育出版社
JIANGXI EDUCATION PUBLISHING HOUSE

图书在版编目（ＣＩＰ）数据

每一滴水都有它流淌的方向 / 王国军著. -- 南昌：
江西教育出版社，2015.7（2019.7 重印）
　（悦读文库）
　ISBN 978-7-5392-8201-5

Ⅰ. ①每… Ⅱ. ①王… Ⅲ. ①散文集－中国－当代
Ⅳ. ①I267

中国版本图书馆CIP数据核字(2015)第167880号

悦读文库

每一滴水都有它流淌的方向
MEIYIDISHUI DOUYOU TA LIUTANG DE FANGXIANG
王国军/著

江西教育出版社出版
（南昌市抚河北路291号 邮编：330008）
各地新华书店经销
日照教科印刷有限公司
710毫米×1000毫米　16开本　13印张　字数165千字
2015年8月第1版　2019年7月第2次印刷　印数10000 册
ISBN 978-7-5392-8201-5
定价：26.00 元

赣教版图书如有印制质量问题，请向我社调换　电话：0791-86710427
投稿邮箱：JXJYCBS@163.com　来稿电话：0791-86705643
网址：http://www.jxeph.com

赣版权登字-02-2015-399

目 录

第五辑
危机中的你只能做上帝

第一辑

每一滴水都有它流淌的方向

在苦难里飞翔的孤鸿

柏杨出生在河南开封，父亲原是通许县县长，后来弃官从商，母亲在生下柏杨不久后就死去。暴戾的继母并不把这个温顺的孩子放在眼里，动不动就皮鞭加身。他每天所要做的也是唯一的一件事——背着锄头到田里劳作。夕阳西下，他才能回家，步子颤颤抖抖的。

6岁时，父亲再三做继母的思想工作，他才有了读书的机会。年幼的柏杨非常喜欢读书，但是他叛逆、不畏惧强权的性格又让他经常与老师起冲突。甚至，有一次，柏杨再次冒犯师长到了忍无可忍的地步，小学校长竟然禁止他参加毕业考试。

柏杨并不着急。初中开学的那天，他去找中学校长，大声说，我要进初一读书。所有人都被他的大胆言论给镇住了。有人劝他：你小学都没读完，还是回家种地去吧？他不肯，不依不饶地守在校长办公室门口，整整三天。校长最终被他的诚意打动，答应他参加入学考试，如果能及格，就收留他，结果他以两科满分成功过关。

14岁，初二。写作文，题目是母亲，他交了白卷。班主任大怒，命他在冰天雪地的操场上罚站，不准吃喝，不准上厕所。一天下来，他也变成了雪人，自尊心被伤到了极点。班主任以为这样能把他逼走，但柏杨不同，他的血脉里，流淌的更多的是勇敢和坚毅。直到老师强行逼迫他退学，他也没有因此气恼。为了读书，他选择了曲线自救路线，先是拿中学的假证件，考取兰州大学，因为有人举报没有去成。后来他干脆伪造高中毕业证，考取了东北大学。聪明的柏杨一直都保持低调，直到毕业一年后，才被校方查出，代价是被国民党教育部永远开除学籍。但是，这并不影响柏杨的事业。

1947年，27岁的柏杨一方面担任私立辽宁文法学院政治系副教授，一方面与友人在沈阳创办报纸《大东日报》。两年后，柏杨随恩师吴文义从上海前往中国台湾地区。

1953年，柏杨生平发表的第一篇散文在《自由谈》上刊出，标志着他作为一名文学大师正式登上了文坛。1954年，柏杨开始小说创作。1960年，他开始以"柏杨"之名写作杂文专栏"倚梦闲话"系列，触及严肃的社会文化议题，以嘲讽幽默的文风臧否时事，在当时的中国台湾地区文坛产生了很大的影响。柏杨因此成为中国台湾地区十大畅销作家之一。

有人佩服，也有人嫉妒。于是，他因"大力水手事件"触怒了台湾当局，入狱十年。他的身体遭到严重摧残，但这并没有把他打垮。他利用一切机会写作，在狱中完成了《中国人史纲》《中国历代帝王皇后亲王公主世系》《中国历史年表》三部书稿。

从1950到2004年，是柏杨的55年黄金岁月。有人归纳："十年小说，十年杂文，十年牢狱，五年专栏，十年史学写作，十年人权。有华人处，就流传着柏杨的作品。"

柏杨是个很有成就的作家、思想家、历史评论家，主要创作小说和杂文，半个世纪以来，形成了2000多万字的雄美篇章。其中：《柏杨版资治通鉴》在中国台湾地区被誉为最有价值和最畅销的一部书；《中国人史纲》被列为对社会影响力最大的十部书之一；《丑陋的中国人》在当代华人世界中流传最为广泛，并引起了中国人在20世纪末文化反思的浪潮。

北京大学教授陈晓明说："我们一直需要柏杨，即使是50年后，这种'国民性批判'也是必要的。"中国台湾地区《联合报》评价说："柏杨，为苍生说人话，只是苦于没人听。"中国著名文学评论家白烨说："如果把他看成一般的作家就缩小了他的作用，他的影响不仅在文学界、文史界，甚至到了思想界。他用散文、杂文的形式来做文学批判，用文学的方式做历史的反思，对中国文化有非常大的贡献。"

面对无数鲜花和口水，柏杨这样叙述着自己的一生："对着无边无涯的天空，他只知道飞翔，因为一旦停止飞翔，他终将栽倒在地……忽然，一支箭射中他，再一支箭射中他，他别无选择，仍只有继续不断地带箭奋飞……飞行途中，偶尔，留下脚印，几乎都是带血的脚印，他低头凝视，不知道他的爪痕，为什么与众不同。"

2008年4月29日，这位影响海峡两岸数十年的大师，因呼吸衰竭在中国台湾地区去世，静静地离开了他所热爱的世界。柏杨虽然走了，但他给中国人带来的反思和争议并没有过去，同时，他面对困境不屈不挠、在苦难中奋飞的精神，将激励着一代又一代的中国人，直至永远！

每一滴水都有它流淌的方向

在美国加州一所贫民窟里，住着一个叫杰米的孩子，因为自小失去父母，杰米一直在孤儿院长大，所以给孤儿院的孩子开所学校，便成了他最大的心愿。杰米一直在为此事奔波着，但不少人劝他：你没钱又不认识几个人，几百万美元的资金从何而来？

杰米决定去跟当地最有钱的富翁托比借钱。他写了一封热情洋溢的信，带着信，他敲开了托比的院门，却被管家拒之门外。管家告诉他，托比出国考察去了，消息他会转达，但要耐心等待。

之后的每一天，杰米都会去登门拜访，这让管家乔治感到十分困扰。在他看来，衣着凌乱，却一开口就要50万美元的杰米无疑是个大无赖。终于无法忍受之下，他把杰米痛打了一顿。他以为杰米会知难而退，但第二天，杰米却拄着拐杖又来了。

乔治只好让杰米进去。在书房里，托比和他一席长谈后，托比决定答应他的要求。不过他也提出要求，希望学校办起来后，能更多收养那些无家可归的人。

半年后，托比在意外中死去。捐款也就没了下文。

一年后，越战爆发，乔治和杰米都应征入伍，两人都恰巧分在一支队伍里。在一次战斗中，为了掩护杰米，乔治壮烈牺牲，他给杰米留下的最后一句话就是，好好活着，别忘记了当年的承诺。

从越战回来后，杰米成了一名商人，但他一直没忘记自己的诺言。这些年，他所收养的孩子已经最多时达到了90名。三年后，杰米因脑癌去世，在弥留之际，他把妻子和孩子布朗喊到旁边，语重心长地说："我这辈子唯一的遗憾就是没有办成学校，你们要答应我在你们有生之年，一定给我办成。"

这确实是个艰难的承诺，这些年收养孩子的生活费，基本耗光了杰米所有的家产，妻子粗略算了一下，学校的建造及其维持，至少需要100万美元。

为了筹集费用，杰米的家人到处开始借钱，社会上善良的人们也纷纷解囊相助，但即使如此，所需资金仍差50万美元。就在大家一筹莫展的时候，乔治的儿子吉姆带来了50万美元。

时隔两年后，一所崭新的学校拔地而起。经过商量，校长和董事长分别由布朗和吉姆担任，也算是给在天堂的两位老人一个交代。

美国《时代》杂志曾经评价这所学校说："这是一所让人能学会感恩和尊重的学校。如果说人一生是一滴顺流而下的水滴，那么承诺和道德无疑是它前进和流淌的方向。"

用德做人，为德做事

20世纪80年代初，白礼西从成都中医药大学毕业后被分到了国营涪陵中药厂。白礼西起初感到十分高兴，但一到药厂，他就失望了，两台人力汽车轮，五六十个工人，厂房还是杂木和水泥板搭建的。更让他绝望的是，药厂已经连续三年亏损，工人们只好到处找事赚钱，但这仍然不够维持日常所需。

有一次，白礼西去菜市场捡拾剩菜，正好遇到一位跳槽离开了的同事。见他窘迫的样子，同事劝他跳槽，并告知，以他的能力，一定会有大展拳脚的机会，白礼西委婉地拒绝了。

白礼西有自己的想法，在药厂举步维艰的时候，他觉得自己更应该与大家同心同德。不久后，在工友们的投票选举下，年仅20岁的白礼西成了药厂的副厂长。为了给大家发工资，他带领大家一起自制汽水，上街叫卖。1988年，尽管白礼西的右臂在车祸中严重撞伤，但他仍然坚持在工地上指挥督阵，不少人都劝道："现在对你来说，更重要的是身体的康复，再说，一期技改工程也绝非两三个月能完成的事情，你何必固执己见呢？"

"这是全厂所有职工的血汗钱，我要为他们负责。"白礼西说。他知道，他的决定无人能改变，即使他的手变残了，他也要先把工厂的命运摆在第一位。

1993年，涪陵中药厂正式改组成重庆太极实业股份有限公司，此时，那些已经离开的工友又想回来。有些员工反对说："在公司最艰苦的时候，他们毫不犹豫地离开了，现在我们强大了，他们又想回来。我们这不是菜市场，不是他们想来就来、想走就走的地方。"但白礼西还是以德报怨地接纳了他们。他常常在私下里对大家说："我能理解他们离开的苦衷，现在公司壮大了，他们能回来，正是出于对我们的信任，我不能辜负他们。"

经过三个月的集体培训后，白礼西把这些人都安排在了重要岗位。也正是白礼西这种海纳百川的气度，让每一个回来的职工都以集体为荣，斗志昂扬。在全体职工大会上，有人提出了人人营销的理念，这得到了白礼西的肯定，并把这一理念称为"全员营销"，他说："懂科研又懂营销才能研发出适销对路的产品；懂生产又懂市场才能生产出质量过硬的产品；懂管理又懂销售才不会瞎指挥，才能制定出适应市场规律的管理策略和方案。"

最终，这一理念得到了大家的认可，白礼西也亲力亲为，率先垂范，每天工作时间超过12个小时，一年的休息时间不到15天。他长年在外，连续不断跑市场、跑营销，时常需要两个司机轮流开车，以至于他万般疼爱的女儿在日记中写道："想见爸爸是一件多么奢侈的事啊！"2001年底，太极集团首次在澳门举办"2001年中国肥胖问题论坛"，吹响了把中草药推向世界的集结号。目前，太极集团的营销网络覆盖了全国95%以上的地级市以及60%以上的县级市和农村市场，太极集团也成为国家经贸委向全国企业唯一推荐的实施"全员营销策略"的样板企业。

一位朴实无华的年轻人，在中国医药界以独特的人格魅力闪耀光芒。谈到自己30年来的奋斗旅程，白礼西说："用德做人，为德做事！只有心

中装着德，装着责任，这个世界才能和谐进步，繁衍生息。"

特别值得一提的是，太极集团参与市场竞争时，从不以消灭或击败竞争对手为终极目的，而是通过资产重组，走低成本扩张之路，使国有企业保值增值，从而最大限度实现"双赢"甚至"多赢"局面。

一个差生的人生传奇

他出生于一个英国贵族家庭，是英王威廉四世的直系后裔。父亲是一位股票经纪人，母亲是一位从男爵的女儿。作为贵族世家，他从小就受到了良好的家庭教育。

五岁时，他进了英国一所著名私立小学就读。父母的本意是要把他培养成一名政治家，但幼年的他并没有显示出政治人物的天赋，不仅成绩在班里排名倒数第一，而且极为害羞，几乎让旁人感受不到他的存在。学校里的小朋友见他好欺负，就经常凌辱他，常在下雨天把他从学校后面的小山上推下去，弄得他全身都是泥，他只好请假跑回去洗澡，母亲就告诉他，做人只有足够强大才能改变别人对你的看法。但当时他并没在意母亲的教诲，中学时他不仅终日逃学，还吸食大麻，也经常酗酒。但这种生活没有持续多久，经过内心挣扎，他决定痛改前非，最终考上了牛津大学布雷齐诺斯学院。

在进入大学前的九个月里，他先是谋求到一份保守党办事处的工作，并列席很多下议院的辩论会，但他清楚，这并不是自己想要的生活，他说："我希望我并不是为了某个党派忙碌，要忙碌也是为了整个国家。"

为了实现自己的宏伟梦想,在父亲的帮助下,他决定前往香港,在怡和洋行做一份文职工作。每天早起晚归,尽管琐碎庸常,并且薪水很低,但他事无巨细做得很认真。很多人就不理解,他却笑着说:"我来这里,并不是为了薪水,我还年轻,我知道,和你们在一起,就能学到很多东西。"他谦卑的回答,获得了大家的一致认同。直到现在,他都认为,三个月的文员工作是他曾受到的最系统的教育,在这里他不仅学到了很多专业知识,还学会了与社会各行各业的人游刃有余地交流。

回到牛津大学后,他加入了以狂饮和行为放荡不羁而著称的布灵登俱乐部,并担任学院网球队的队长,他的公众影响力也与日俱升。大学毕业后,他和母亲做了一次深入的交流,他列举了当时社会上的种种现象,母亲就问他:"你认为人生最大的快乐是什么?"他毫不犹豫地说:"我希望能改变一些社会现象,让更多的人能快乐。"母亲告诉他:"那就从政吧,只有这样你才能改变整个社会,让更多的人更快乐。"他一下就顿悟了。

为了谋求长远的政治前途,他先在保守党政策研究部门工作,后来在卡尔顿传播公司干了七年之后,他开始竞选议员,正式开始他的从政之路。

2005年,在保守党领袖霍华德宣布辞职之后,他竞逐新领袖之位,在几乎无人看好的情况下,他以出色的演讲口才最终成功当选保守党党首。2010年,他以"变革"二字为竞选标语,如愿以偿地成为英国二战后最年轻的首相。

他自己都没想到,当年一个成绩倒数第一的差生,有一天居然能成为英国首相,他想到母亲常和他说的一句话:卡梅伦,拥有谦虚和智慧,你就可以无敌于天下。

从一个差生到首相,卡梅伦的成长经历可以说是一部励志传奇。我想，许多人也和卡梅伦一样，也有过自卑，有过彷徨和迷茫，但只要有谦虚，能听得进意见，并且为了自己的人生规划，一步步去努力实现，我们的人生也能和卡梅伦一样，快乐且丰富多彩。

你只能做生活的主宰者

她，从小就有着自己的明星梦，随着年龄的增长感觉越来越强烈，然而，就在她14岁时，父亲生意失败，赔光了所有家产，母亲也离家出走。突然的变故，让小小的她手足大乱，每天她不仅要面对艰辛的生活，还要想方设法去躲开那些债主。那段时间，她唯有一个人默默地关在房里哭泣。

母亲一直都是懂她的，包括她的明星梦。看到她精神不振，母亲默默地走到她身边，说："人生的道路从来就是坎坷的，所以你要勇敢面对，你只能做生活的主宰者，不能给自己找任何的借口！"

是母亲的话给了她无比的勇气，她下定决心要进入演艺圈。她开始参加各种各样的电视选秀节目和表演，即便是屡战屡败，也不气馁。记得有一次，她参加美少女选拔赛，只有区区四百票，离冠军简直是遥不可及。那一次，她哭了，但一想到母亲的话，她又忍了下来，她相信，所有的这一切都只是考验，都只是走向成功的一个插曲。之后，她又参加了"健康美少女"的选拔，并成功闯进了决赛。而当时她还戴着牙套，怕会有评审不喜欢，在决赛进行的前一晚，她坚持要牙医除下她的牙套。尽管那一次，她没拿到冠军，但她已经满意了。

她就这么坚强走着，努力地向着梦想迈进。在由吴宗宪主持的"超级新人王"中，她获得了月度冠军。她的努力，终于得到了认可。1999年，她与经纪公司签约，开始了她的演艺生涯。在此之后的六年里，她苦过，累过，受过白眼，甚至还被人扔过鸡蛋，但她一直都在咬牙坚持着。

2005年，由她担任主角的青春偶像剧《恶魔在身边》迅速蹿红，她也赢得了人们的青睐。同年9月，她的首张个人专辑《暧昧》正式发行。一周后，中国台湾地区两大销量榜公布榜单，她勇夺双榜冠军宝座，并抢占其他各大排行榜冠军宝座。2006年4月，她在台中举办了个人的首场演唱会，实现了儿时的个唱之梦。虽然如此，但她一直都未曾停下她努力的脚步。

她就是我们所说的"可爱教主"杨丞琳。在接受采访时，她无限感慨地说："其实，我现在所拥有的这一切都离不开母亲对我的教诲，是她教会我，要想成功，只能做生活的主宰者，不要给自己找任何借口！我做到了，所以我成功了。"

每一个路人都是我们的亲人

他出生在福建，小时候，由于家里贫困，父母不得不带着年幼的他投奔在浙江临海的亲戚。他六岁生日那天，父亲带他到体育场玩耍，给他仔细讲解每一项运动的由来，他对此表现出极大的兴趣，并在许愿墙上写下了将来要做一名奥运冠军的豪言壮语。

他七岁的时候，开始迷恋上跳高。在父亲的帮助下，他在家里自制了一块简单的跳高训练场地。每天早晚，他都坚持练习，从不懈怠。

11

为了能提高技能，父亲每年暑假都会带他去拜访台州市有名气的跳高选手。昂贵的拜师费用，让本来经济就拮据的父亲感到了前所未有的压力。为此他不得不利用课余时间，到市里推销报纸。10岁时，他承包了市区两条街的报纸业务，俨然成了学校里赫赫有名的"报业大王"。

11岁时，浙江省少年体校到学校来选拔人才，凭着优秀的成绩，他成功入选，并被邀请到学校参观。出发时，在家门口他看见一个老大爷行乞，出于同情，他从车上扔了几张票子。出乎意料，那个老大爷不屑地走开，他为此大惑不解。父亲却让车停下来，走下去，不紧不慢地捡起，并和老大爷热情地攀谈起来。老大爷离开的时候，只抽了张面额最小的钞票。做完这一切，父亲才拍拍他肩膀说："孩子，每一个路人都是我们的亲人。你要永远记住，尊重远比同情更重要。"

无独有偶，在省城杭州，因为性格不合，他和班上几个同学的关系弄得很尴尬。父亲知道后特意找了那几个孩子聊天，事后父亲语重心长地告诫他："孩子，有一件事情你要牢牢记住，那就是微笑，那是你能控制的。你可以失去你的财富、你的美丽、你的地位，唯独不能失去的就是你的微笑。因为只有它才能帮你从跌倒处站起来，也只有它才能将你从失败引向成功。"

父亲这两次讲话，虽不长，却深深震撼了他的心。

从此，他在学校里就像换了个人，他表现得乐观和自信。他的微笑也不知感染了多少因经历了太多挫折而打算弃学的人。

他就是被誉为中国田径史上一面新旗帜的黄海强。

2005年，他加入国家田径队，被列为重点培养选手。队员们亲切地把他的笑容叫作"黄海强笑"。同年7月，在第四届世界少年田径锦标赛上，他创造了亚洲跳高最好成绩。2006年，自信的他再次起跳，创造了第十一届世界青年田径锦标赛上世界青年最好成绩。2007年的世青赛上，他再次引起了世人的瞩目。撑竿跳高传奇人物布勃卡赞誉他："自此，中国才有了一个钻石级的跳高选手。"

我们完全有理由相信：有着乐观、自信和微笑，把每个路人都当成自己亲人的黄海强一定会给我们带来惊喜，他也一定能创造中国在跳高史上的神话！

活着是一种幸福

表哥是一名记者，经常往返于成都和北京之间。他认识不少人，但最让他难忘的，还是已故名人罗京对他的循循善诱。

那是2005年深秋的时候，表哥因为采访，来到了北京，忙碌了一周，还是没有完成任务，表哥感觉到了空前窒息的压力。

为了给自己减压，表哥决定到公园散散心。那一天，天公也不作美，表哥来到公园的时候，突然飘起了毛毛细雨，这让表哥本来就糟糕的心情跌到了谷底。在和正处于冷战的女友发了条永不再见的消息后，表哥关了手机，他突然有了轻生的念头。

表哥爬到了一座假山上，下面就是深不见底的水塘。正在思索间，表哥突然听到有人喊他："小伙子，能不能下来帮个忙？"

是一个戴墨镜，身穿白色衬衫的中年男子。他的前面有辆三轮车，司机正费劲地往前面推。表哥纳闷了，我都不想活了，你还叫我去帮忙？

见表哥不动，中年人继续招呼着。表哥是个热心肠的人，他想，也罢，就当再做一件好事吧。

两个人边推边谈，中年人若有所思地说："我工作压力大时，每次都会来这里，找点事情做，这样我才会觉得生活的意义所在。你呢？"一口纯正的普通话，表哥仔细盯了他几眼，忽然觉得他很面熟，但中年人的话还是让他愣住了。"我？"

中年人微笑着说："是的，你不是也和我遇到了一样的难题吗？"表哥尴尬地笑笑。他突然记起来，这不就是大名鼎鼎的罗京老师吗？刚要激动地张口，罗京朝前面嘘一声，他小声说："我现在只是想享受一个普通人的生活，明白吗？"表哥会意地笑了。

罗京继续说："每个月我都会来这儿走一走，想一想，很多平时想不通的结就打开了。其实，活着已经是一种幸福了，我们何苦又为难自己呢？"表哥若有所悟地点点头。

罗京指着前面一对相互搀扶前进的老年人说："你看，谁说他们现在不是幸福的呢？什么时候你都要记住，家人永远都是你温暖的避风港，如果你能经常这么想，你就不会再做什么傻事了。"

表哥一张脸涨得通红："是我太冲动了，一时想不开。"

罗京微笑着说："你能这样想，那就对了。记住，不管什么时候，都要把家人放在你心中最重要的位置，只有这样，你才会对自己好一点，也才能以积极的心态投入到工作当中去。"

三轮车很快到了目的地。临别之前，罗京友善地伸出了手。表哥顿时激动地伸出双手，一副虔诚而恭敬的模样。

这件事一眨眼就过去四年了，但是表哥一直忘不了，在北京的某个公园里，在那个心情颓废的下午，他遇到了一张真诚而热心的笑脸，得到了一份心灵的宁静，收获了一段特殊的友谊，获得了一份处理生活和工作的智慧和勇气。

爱能够创造奇迹

他只是一个平凡的男人，在一个小城市做"棒棒"。

他有一个美满的家庭，有两个儿子、一个女儿。应该说，他是幸福的，他也一直小心翼翼地呵护着这份幸福，直到有一天，他带着女儿去郊外游玩，女儿的手不小心被割破了，血流不止。送到医院，被告知，女儿患的是淋巴性白血病。

他被吓坏了，好半天才从恐惧中平静下来。他开始到处筹集资金。

医生建议他尽快做配型检查，然而结果让所有人都失望，他们的白细胞相互抵抗。医生仔细核对了资料库里的几万份骨髓记录，也没有合适的。

都说男人无泪，面对诊断结果，他却流泪了，彻夜未眠。

第二天早上，他赶去医院，告诉女儿那个珍藏了16年的秘密：她不是自己亲生的。因为得了重病，她被遗弃在垃圾堆旁，是他捡到的。并几乎耗尽了他所有的积蓄才把她治好。他说要出趟远门，去寻找她的亲生父母。他虽然想到了种种结果，但女儿镇静的表现还是出乎他的意料。女儿只是告诉他，这么多年来她早就在怀疑自己不是他亲生的，但能做他的女儿，她并不后悔。

经过多方打听，他得知女儿的亲生父母就在攀枝花，他风尘仆仆地赶到，却不料她的亲生父母早在五年前就因车祸去世了。这无疑宣判了女儿的死刑。

他拖着疲惫的身体返回医院，女儿在听到结果后哭了，她大声喊"爸"，她喊一声，他就答应一声。也不知喊了多少声，她止住，抱着父亲说："多想一辈子陪伴在你身边，一天喊你一声爸啊。只是女儿的时日已经不多了，让我这些日子把一辈子喊完，好吗？"他含着泪点点头。

化疗是极其残酷的，女儿的头发开始大把脱落，为了鼓舞她生的斗志，他不得不每天都守在女儿的病床面前，给她讲自强自立的故事。在他的鼓舞下，女儿脸上露出了好久不见的笑容。

为了寻找合适的髓源，他每天都会抽空上网查询。一天，他在一个论坛上看到了一封来自美国母亲的求助信，得病的也是一个被遗弃的中国女孩儿，患的也是和女儿相同的病。信的末尾还留下了联系方式。

望着日益憔悴的女儿，他几乎不假犹豫地把自己的骨髓配型记录通过电子邮箱发了过去。三个小时过后，他接到了一个越洋电话，对方想邀请他到美国做进一步检查。但在了解到他也有一个女儿得病之后，对方被他自己女儿身患绝症还在牵挂着别人安危的大爱深深感动了。

三天后，女儿的病床旁多了对陌生的母子。配型报告很快出来了，完全吻合。移植手术很快进行，那个来自美国的中国女孩得救了，在离开时，她激动地说："中国爸爸，是你给了我第二次生命，你的爱不会白白付出，我相信你的女儿一定能找到适合的骨髓的。"

女儿身体已经越来越差，好几次都陷入了深度昏迷中，但他和女儿都一直没有放弃，只要有十万分之一的生存概率，他们也不会松手，不会放弃。

美国母亲回国后立即写了封求助信放在网络上，信的最后说："一个普通的中国父亲，在女儿身患绝症最需要关怀和体贴的时候，心里还惦记着一个陌生的女孩儿，这是怎样一种至深的父爱啊。这样的父亲，我们又怎么能白白看着他的女儿死去呢？"文章迅速在网络上传播。大家都被他

的博爱感动，纷纷加入了救助行列。

三天后，美国母亲打来越洋电话，说他们在英国一家医院找到了与之匹配的骨髓，捐髓的，也是一名中国人，而且他也表示愿意来中国做手术。

女儿的手术在医院的安排下顺利进行。望着手术结束后甜蜜入睡的女儿，他紧紧握着那对美国母女和捐髓者的手，再次流下了感激的泪水。

后来有人问他："如果你的女儿不治身亡，你会后悔你做的选择吗？"他摇摇头说："只要人人都献出一点爱，这世界上哪会有这么多的悲剧发生？作为一名父亲，我深刻了解每一个父母的心态，虽然救的不是我的女儿，我也毫不犹豫和后悔。因为，这是我的梦想。"

两个年轻女孩儿都能活泼如初，不得不说是一个奇迹。但我想，是因为有人间大爱，有一颗甘于奉献的心，才会有奇迹的发生。用爱去坦然面对灾难，用爱去装点社会，整个世界都会联合起来帮你的忙。

大爱无声

有一位老企业家，一生奔波劳碌，也积下了百万家产。在他60岁的那年，老伴不幸去世，两个儿子都在国外定居，没回来送终。老人一气之下，便在报纸上刊登了一则征聘义子的广告。老人没说自己的身份，也没说任何报酬，所以广告打出去三个月后，才有一位年轻的大学生来应聘。大学生看了看老人简陋的住所，二话不说就留了下来。

许多人以为，一个大学生放着自己的事情不做，一放学就陪着老人，好像很孝顺的样子，肯定是为了他的百万家财，老人的儿子也从国外打来电话，叮嘱老人谨防受骗。老人总是说："我现在还清醒得很，没犯傻。"

老人62岁那年，得了场大病，下肢全部瘫痪，只能靠年轻人推着轮椅进出。老人的儿子听得这个消息后，也只是嘘寒问暖地说了一些客套话。

再过了两年，老人死了。当律师宣读遗嘱时，两个儿子都赶了回来，那学生也在场。遗嘱读完后，两个儿子都变了脸，因为老人居然糊涂到把大半家财都给了一个外人。而学生也颇为惊讶，因为他一直不知道他陪伴了四年之久的人竟会是一个腰缠百万的富翁。

"有人说他贪图的是我的财富，"老人在遗嘱中写道，"而事实上这个年轻人并不知道我有多少财产，虽然有时我心里也想说，但又害怕这个正直的年轻人会觉得是一种侮辱而悄然离去。在我人生最失意的几年里，真正陪我的是他。就算我的儿子们口头说爱我，说得如何甜蜜，母亲死时却都没回来，我腿瘫了，也没伸出手来，这样虚假的爱我并不需要。相反，这个年轻人不计较任何报酬地陪了我四年，毫无半句怨言，就凭这点来说，这份情谊，可以说是世界上最珍贵和最伟大的真爱了。"

所以，如果你真心爱着，请伸手做吧，别只空口说着。只有付诸了行动，并经得起时间考验的爱，才是真爱！

雪崩前的等待

托马斯·穆勒是德国著名足球运动员，在南非世界杯，凭借三个助攻力夺最佳射手金靴奖，同时他也毫无悬念地获得那届世界杯最佳新秀奖。

但鲜为人知的是，穆勒还是一个环球旅行家。

在加入德国国家队后，他就多次和他的志同道合者到处探险。南非世界杯前，他决定好好地休整一下，便和他的朋友出发了。他们的目的地是道拉吉里峰。

在做好了充分准备后，大家出发了。很快，便到达了半山腰。如果一切顺利的话，三天后，他们就能登上山顶，大家都为之庆幸不已。

但是，穆勒却感到了不安。他让大家开始扎营休息，静静等待登山的最好时机，这让伙伴们十分不解。

晚上，天气开始变得异常奇怪，到处都能听到撕裂的声音。此时的穆勒清楚地知道，他们即将遇上雪崩。伙伴们都慌了，不少人建议赶紧撤离，还有人干脆说，坐雪下滑更能争取逃命的时间。穆勒却说："现在撤退，恐怕会更危险。"有人便问："那将怎么办？"穆勒只说了两个字："等待。"见大家惊讶，穆勒便说了一个故事，这个故事与他父亲有关。

他父亲年轻时，也是个登山爱好者。有一次，和一群登山爱好者去攀登一座险峰，半路上遇到雪崩，大家便赶紧逃命，坐雪下滑，却不想引起更大的雪崩，最终，有一半的队员被埋在浩瀚的冰雪中，再也没有出来。

穆勒说到这时，大家都安静下来。穆勒接着说："我想告诉大家的是，在面对灾难时，逃离虽然是人的本能，但还有一种更保险的方式，那就是等待。"

因为做好了充分的准备，虽然雪崩很快来临，穆勒和他的伙伴们都毫发无损。等风雪停止后，他们便开始了前进的步伐，并且顺利地攀登上了峰顶。

回到德国后，他平静地和父母谈起这次经历，他说："这次探险的收获比我过去20年还要多，因为我学会了怎么去从容面对生活。人生就好比一场旅行，我永远都不知道灾难会在什么时候发生，而且也不知道血肉之躯能否承受得住，所以，我只能等待，再等待。其实，等待也是一种智慧，坚持等下去，才能给自己不安的人生找到一个从容的出口。"

没有风，也可以吹散乌云

小张是我新认识的一个朋友，第一次见到他的时候，是在酒吧。当他下来的时候，我看见他的两只袖子里空空荡荡的，后来我才知道这一年半来，他一直用脚趾在琴键上踩出流畅的音乐。

我决定去拜访他。当我们成了朋友后，我才知道，他出身于一个殷实的家庭，父母都是钢琴师，在父母的熏陶下，他从小就热爱钢琴。14岁那年，他参加了全省的青少年钢琴大赛，拿到了一等奖。那个时候，他最大的理想是能办一场属于自己的音乐会，他也在一直努力。

可是不久后的一场噩耗却差点儿终结了他的梦想。那一年，他16岁，和同学去郊外探险，不幸遇到了塌方，他被半空塌下的巨石压在了下面。最后还是闻讯而来的消防队员给他锯手，才得以脱险。

躺在病床上，望着被截断的双臂，他感到了万念俱灰。

他不能接受这个事实。父母只好给他请来心理医生，在他们一次次的劝慰下，他才慢慢平复自己的心情。

有一次，市里体育馆举办一场大型钢琴演奏会，父亲带他去，他显得很高兴，可出门时，他却哭了。父亲问："你哭什么？"他说："我还想弹钢琴，可是没有手，我怎么弹？"父亲一字一字地说："没有手，你还有脚啊。"他把这话听了进去，他真的尝试着用脚趾去弹。

高考那年，他凭着肖邦的一首名曲成功考进了一所音乐学院。有一

次，他和同学讨论将来的理想，几乎所有的同学都说，他们都希望将来能成为一名出色的钢琴家。只有他没说话，其实，他不是不想，只是失去了双手，他感到前程一片暗淡。

父亲听说后，特意来找他，也没说话，默默地把一张光碟给了他，碟子里讲的是一个失去双手的人靠咬着筷子在键盘上打字，最后成为一名作家。看完后，他的眼里一片潮湿。父亲语重心长地说："这个世界上，比你不幸的人多的是，但只要有心，你甚至可以比正常人过得更幸福。"

他笑着对我说："从那以后，我终于明白，梦想的实现，并不仅仅是靠双手，更重要的是，要有一颗坚持不懈的心。"他还告诉我，大学的这几年，他都是靠着在外面弹琴来养活自己的，一方面可以积攒经验，另一方面可以让自己学会独立。

再次见到他，是在他的毕业钢琴演奏会上，靠着牙齿和双脚，他完美演绎了一首首肖邦名曲，结束时，台下掌声整整持续了十分钟。

每个人前进的路上都会遇到这样或那样的挫折，但只要有心，并不屈不挠地去奋斗，我相信，即使没风，也可以吹散浮在你眼前的乌云。

不能改变人生，就改变自己的心情

他是中山大学翻译学院一名新生，叫杨孟衡，身高176厘米、体重40多公斤。在迎国庆文艺晚会上，他表演了歪着脖子夹伞，用脚拿筷、晾衣、夹花生米等绝技，博得了大家阵阵的掌声。

大家都以为他只是学校请来的一个杂技高手。当他在台上，露出两只空荡荡的袖子时，所有的人都震惊了。他6岁的时候就因高压线电击失去双臂，游泳、足球、书法却样样在行。这14年来，他一直坚持用脚翻书写字，他还是昆明宜良县的文科状元，云南省前60名。生长于昆明小镇，却能说一口流利的美式英语，被称为"无臂小李阳"。尔后，一个个坚强的细节便浮出水面：为了练字，每天练3个小时，练到脚趾、脚掌都抽筋，脚上满是血泡；为了学游泳，每天要游10公里，每次游完就瘫在地上无法动弹；为了学美式英语，每天早上6点起床读半个小时英语，一遍一遍地听录音带，所有的课文他都能背下。

他乐观，豁达。在那样的困境中，坚持成了他生活的全部。他说："没有了双臂，但是我还有双脚，生活不会来适应我，我只能一步一步去学会怎么生活。"

台下的学生一片唏嘘。

我忍不住心潮澎湃。他这样辛苦地活着，不是为了名，也不是为了财，只是想证明，身体虽然残缺了，但是他还可以像正常人一样生活。所以，他唯有努力。

我忽然想起我的邻居刘伟。10岁时他意外失去双臂。那个时候，他正是少年足球队的一名成员。他只好放弃足球，去练习游泳。19岁时，又因为身体原因，放弃了游泳，去学钢琴。

他认为真正能够掌控命运的，唯有自己，所以他一直都在努力。在学钢琴时，有人打击他："你一个残疾，练什么钢琴？"他不气也不恼，只是轻轻说："谁规定了弹钢琴一定要用手弹？"

后来，在一场选秀节目中演奏钢琴曲，刘伟一举成名，他也有了一个响亮的名字——"无臂钢琴师"。我想，他的人生不可能没有低迷过，彷徨过，但能这样一步步坚持走过来，只因为他知道，在兴趣和梦想的面前，人人都是健全的。我想，在今后的人生中，他也一定会坚定地走下去，正像他所说的那样："我觉得我的人生中只有两条路，要么赶紧死，要么精彩地活着。我没有选择死，所以我唯有用心地去演绎自己剩余的人生。"

从来就没有无缘无故的奇迹，只因为他们坚强、执着。如果想在他们身上寻找成功的秘诀，那就是：不能改变人生，就改变自己的心情。如果再要加一句诠释的话，那就是：如果想把困难变小，唯有先把自己变强大！

炫舞人生路

21世纪的某一天，印度德里的一个手机维修店里，一个无腿青年正在忙碌地给顾客更新操作软件，因为生意太忙，他几乎每天晚上都得加班。

这个年轻人，便是后来参加《印度达人秀》而一炮走红的维诺德·塔库尔。

塔库尔出身卑微，由于先天缺陷，他生来就没有小腿，大腿也发育不完善。他之所以找这份工作，只是为了证明他可以和正常人一样生活，谈不上喜欢，也说不上厌恶。

晚上8点时，塔库尔结束了一天的工作，他得赶往另外一个地方，去聆听教授的讲座。从维修店到学校，有一条崎岖不平的山路，每一次经过，他都会累得喘不过气来，好不容易支撑到学校，他筋疲力尽地伏在一条石凳上。

这时，耳边传来一阵刺耳的音乐声，转头望去，是一群年轻人正在跳街舞，更让人惊讶的是，他看见好几个都是残疾人，他忍不住说："都是缺胳膊少腿的，这样折腾有什么意思？"

尽管声音很吵，但还是有人听到了，关了音乐，大家都围上前来，一个打着手语，一个说："小伙子，千万别这么说，街舞也是门艺术。我们虽然是一群残疾人，可是我们不愿意向命运屈服，通过它，我们至少可以锻炼自己顽强的意志。"

塔库尔打量着眼前这个只有三根手指的年轻人，依然不屑地说："可是那又能证明什么呢？"还好，他想到自己的出身，立即调整了语气，"练习街舞，真的可以证明自己吗？"大家都笑了，另外一个说："证明自己，当然可以，至少可以让大家知道，我们并不是上帝的弃儿。"

年轻人的话让塔库尔怦然心动，他开始凝思起自己的未来，他本想去做健身教练的，但从那刻起，他对街舞产生了浓厚的兴趣。以后每次路过时，他总会停下来，或为之鼓掌，或和歌而舞。

从业余大学毕业后，塔库尔做出了一个重大决定——他要学习街舞。他的理由很简单："从这里，我要开始创造一个崭新的人生。"他开始在网上看各种舞蹈视频，并把这些舞步带到那群残疾人朋友那里，一起学习。

一个双腿残缺的人去练习街舞，痛苦可想而知。不过，他一直在坚持，因为他现在终于找到了一个突破自己的舞台。为了练习，他甚至将哥哥家的一个小房间改造成了自己的"舞蹈室"，即使在气温高达40℃的夏天，塔库尔也没有中断。

他还定期去体育馆健身。有一次在电视上看到一个选秀节目后，一个念头突然闪了出来："如果有一天，我也能登上这个舞台，就算只有一分钟，我也心满意足了。"但他知道，这个想法是很不现实的，因为以他的条件要通过层层选拔，这是根本不可能的事。

让他做梦也想不到的是，机会终于来了。他的残疾人朋友告诉他，有一个《印度达人秀》的大型选秀节目，对参赛选手没有任何限制，朋友们都鼓励他去参加，他对自己也充满了信心。

但是要和那些身体健康的人去竞争，塔库尔深知自己需要进一步提高

舞技，这时，好朋友马尼什的到来，让这一切彻底成为现实。

在舞蹈名家马尼什的悉心指导下，塔库尔的舞技有了很大提高，他开始利用各种场合给路人进行即兴表演，即使别人投来奇怪的眼光，塔库尔也不在意，因为他相信自己能让别人改变看法。他常对别人说："别人可以做到的，我为什么不能做到？我一定要做到。"

在经过三个月的充分准备后，塔库尔正式登台亮相选秀节目《印度达人秀》。第一次演出，便以娴熟的舞姿技惊四座，现场评委和观众无不起立为他鼓掌，塔库尔也一夜之间成为感动印度的网络红人。

成长的路上总会遇到各种绝境，只要不放弃，每个人都不会成为被上帝遗弃的花朵，只要肯下功夫，再苦难的人生也能舞出精彩无限。

市长帮我提行李

刚到德国柏林时，我在靠火车站附近的小区租了一套房子，邻居是一对中年夫妻。因为打算常住，来德国之前就读了很多关于德国的介绍，说德国人刻板，不喜欢与人交往，我的心也暗自担忧起来，远亲不如近邻，以后的生活该怎么办？

没想到第一天搬行李时，这种说法就不攻自破。那一天，在楼梯口遇到了邻居，他二话不说便帮我提。看着他累得满头是汗，我连忙给他倒水、递毛巾。交谈中，得知我是中国人时，他眼里顿时放光，他说："中国是个美丽的地方，我去过几次，给我的印象非常深刻。"他又列举了很多事例来说明中德来往的源远流长。他的博古通今、才华横溢，给我留下了很深的印象。

有时我便想，他应该是个学者或者政府高官。但是很奇怪的是，并没有看见有什么人来拜访他，他每次出去也都是坐公交车。这让我十分诧异，我决定尾随他，去查查他的底。一个周末，我正好在车上看到他，便悄悄地跟踪他，直到看到他走进市政府的大楼里，从门卫的嘴里得知他就是三次来中国访问的哈拉德·沃尔夫副市长时，我愣住了，心里是又喜又愧，喜的是能和一个副市长做邻居，愧的是怎么能让一个副市长给我提行李呢？

我决定登门道歉，晚上我提了几瓶好酒，叩开了他家的门。沃尔夫非常热情地招待了我，还问我生活有什么需要他效劳的。当我说明来意，沃尔夫笑了，他说，能为大家服务，是他最大的荣幸，不必见外。他还坚持让我把酒带回去。

我心中泛起一股无奈，但只好照办。让我感到意外的是，这并没有影响我们之间的友谊。晚上时，他会经常过来串门，谈古论今，好不惬意。

有一次，沃尔夫神神秘秘地问我，想不想去做义工。对于他的倡议，我自然举双手赞成。换了一件旧衣服，我和他一起提了工具，就往外面走。走了一里路，发现前面很多人在那里忙碌着。沃尔夫告诉我，这里的下水道堵住了。前面修路，又堵车，等维修人员过来恐怕需要一段时间，正好他以前做过一段时间的下水道维修工，所以就想带我过去，也算是给社会做点贡献。

出乎意料的是，人群中有很多人知道他身份的，但是没一个人过来拍马屁，甚至还有人对他发号施令，叫他干这干那的。

半个小时后，被堵的下水道终于疏通了，看着他汗流浃背的样子，我忍不住问："你这样不累吗？"他笑着说："是有点累，但我已经很开心了，因为至少，我又为大家做了一件实事。"

我心中顿时涌起一股巨大的感动与敬意，为哈拉德·沃尔夫那强烈的

社会责任感。

这种对社会的强烈责任感，其实每个人都可以做到，因为它蕴含在你所做的每一件小事上，对大家负责，同时也是对自己负责，也就是对一个团结和和谐的社会负责。

我在露天学校当义工

一年前，我硕士刚刚毕业，就接到了表姐打来的电话。表姐在巴基斯坦当老师，她告诉我她附近有一个露天学校，急缺一名中文老师，她希望我能去。得知这是一个专门面对穷人的学校时，我毫不犹豫地答应了。

在姐姐的帮助下，我顺利办好了签证。学校是在伊斯兰堡的一个公园里，大树下面就是教室。我赶过去时，老师们正在清扫"教室"里的落叶，然后学生们被分成不同的班级，上不同的课程。

我所带的班上有10个学生，第一天上课，我教了他们如何写中国这个词，虽然只是两个字，但学生们都非常认真地听。校长阿尤布告诉我，虽然这些都是穷苦人家的孩子，但他们都很有志气，长大后去中国工作，那是他们共同的梦想，所以便想开一门汉语课。阿尤布还告诉我，他这所学校已经办了25年了，学生们都希望他能一直办下去。顺着他手指的方向，我看到在"教室"两旁的草地里有一块石头"墓地"，阿尤布告诉我，那是希望他永远不要离开的意思。

我的心中不由涌起一份感动。接下来，与学生共处的日子是温馨而难忘的。因为是在露天上课，遇到雨雪天课程就会自动取消。有一次下雨，到上午11点，雨就停了，学生们赶紧都跑了过来，虽然只有一个小时就下课，但学生们都舍不得放弃这弥足珍贵的学习机会。

因为穷，很多人都买不起书。作为老师，我们就主动给部分贫困家庭学生购买书本和文具，一年下来，算算，都已经捐助过50个学生了。因为没有工资，为了生计，我只好晚上去兼职，即便是如此，我也从没想过要放弃。

在每块黑板的下面，都有个小瓶，每一天都会有一束鲜花插在那里，我甚至都不知道是谁采的，但是我很开心。阿尤布告诉我，在这个地方，鲜花是送给老师最好的礼物。

按照协定，我在这里只需要工作一年，国庆之前，阿尤布询问我的决定，我告诉他，如果他愿意，我希望能再留一年。我说："这些穷人的孩子需要我，我也需要他们，因为他们给我带来了快乐和爱。"

成不了老虎，就做豹

他的父亲希望他长大后能成为一名美术家，只是他偏偏对美术毫无兴趣，很简单的一幅水彩画，他坐了一天，却未曾落一笔。

他也想过认真读书。他尽了力，下课，别人都去玩，他在教室里依然认真地复习，只是每一次考试，他都排在倒数第一，特别是数学，每次都是零分。这让他十分尴尬。同学们也嘲笑他，经常在他背后指指点点。

他甚至想到了辍学，可母亲不肯。为了他的前程，母亲只好给他请家庭教师，却没有一个能待过一周。几乎所有的老师，临走前，都扔下一句话："他不是块读书的料，还是让他选择其他的吧。"

母亲为此怒不可遏，她说："想让你成为狮子，成不了，做老虎也做不成，难道你真是一个无用的人？"

这话让他伤心不已。一个下雨天的晚上，他选择了离家出走。他要离开这个家，去寻找适合自己的舞台。

不知不觉就走到了叔叔家中。他突然想起，叔叔曾经跟他说过的一句话："其实你在篮球方面很有天赋，如果你坚持下去，将来一定会大有出息。"想到这里，他猛地拍了一下自己的大腿：对啊，为什么不练篮球呢？如果能小有所成，至少不会让母亲认为自己是无用的人。

他决心到叔叔家待一个月，好好地练球。为了不让母亲担心，他还是给家里打了一个电话，也许是母亲对他过于失望，电话里只是淡淡地嘱咐他万事小心。

日复一日，他的球技越来越精湛，尤其是他的三分定投，已经到了弹无虚发的境地。一个月后，他带着一只球回到了家中，在观看了他的精彩表演后，母亲脸上露出了微笑。为了奖励他，母亲还做了他最喜欢的面条和肉丸。

凭着出色的表演，他进入了一所高中，业余时间就代表学校参加各地的比赛。他的出色表现很快引起了诸多NBA球探的注意，不久后，他成功实现了从高中到NBA的飞跃。高三那年，他还被《今日美国》评为年度最佳球员，还被美联社评选为北卡罗来纳年度最佳球员。

拿到奖杯后，他激动万分，立刻打电话给母亲，只说了一句："等着我，我立刻就来。"

在母亲工作的单位，在众目睽睽之下，他把金灿灿的奖杯递上，激动地说："妈妈，这个奖杯我希望送给您。小时候由于不懂事，让您操心不少，所以这些年来，我一直在努力。今天，我终于可以高傲地挺起胸膛告诉世间所有人，您的儿子，并不是一个一无是处的人。"

他就是大名鼎鼎的NBA球星——特雷西·麦克格雷迪。成名后，他多次在接受电视采访时概括自己和勉励年轻人："如果成不了老虎，那就做一只豹吧，借着雄心和奔腾的力量，你照旧可以称雄草原。"

让自己每天进步一点点

有一次，一个中年人到一家保险公司求职。

他走进这家公司的人事部，亮出自己的名片，他说只要能混口饭吃，做什么工作都愿意。

这位负责人把他从上到下仔细打量了一遍，然后说："您的确很有名气，但是很抱歉，做保险这行需要笑容可掬，您做不到，所以还是去其他地方看看吧。"

中年人有礼貌地走了，可是没过几天又来了。一见面，他就展露出自认为非常迷人的微笑，经理看了直摇头："这哪是笑啊，分明比哭还难看。"

中年人依然有礼貌地走了，朋友们也劝他："干吗非得吊死在一棵树上啊？以你的名气，找个工作还不容易？"但是他拒绝了，他说："这是一份有挑战的工作，值得我去认真对待。"为了让自己笑得好看，他开始在自己家里放声大笑，可是声音太大，引起了邻居的猜疑。

为了不让邻居误认为自己是疯子，他只好每天早上跑到海滩上练习，回家后就躲在厕所里练习。一个月后，他再次来到保险公司，在展示了他自认为完美的微笑后，经理笑了："有了一点进步了，可是我觉得您笑起来特别呆板，我建议您多去看别人是怎么笑的。"

于是，他真的去搜集了很多迷人笑脸的照片，还特地去了一趟中国，用相机拍下了无数人的微笑，回来后好好研究。半个月后，他再次走进了经理的办公室，在展示了他的微笑后，经理认真地说："我做这行几十年了，还是头一次见到像你这么有耐心和执着的人，我很佩服您，只是您的笑还不足够迷人，也许你心里面还有什么东西没放下，真正的笑，是发自内心，不需要任何修饰的。"

他没有气馁，给自己定了一个计划，那就是让自己每天都微笑一点点。更重要的是，在微笑的感染下，他也彻底打开了心结，离开近一年的妻子也回到了他的身边。

一次，他和妻子去散步，遇见了一位老同学，他非常自然地和老同学聊天，老同学惊叹地说："才几个月没见，就感觉你脱胎换骨了，是什么力量让你有如此变化？是微笑吗？"他微笑着点头。有了朋友的肯定，他觉得更加有信心了，再一次走进了经理的办公室。

这一次，没说两句话，经理连忙站起来，激动地和他握手："恭喜您，您被录用了！如果您不介意的话，从现在起，您就可以开始工作。"

他的名字说出来大家不会陌生，他就是美国享有盛名的职业棒球明星——威廉·怀拉，现在是美国销售人寿保险的顶尖高手，年收益高达百万美元。正如《华盛顿邮报》所说的那样："威廉·怀拉的成功，不仅在于他用毅力和坚持打动了经理，还在于他通过学会微笑，解开了心结，为人处世方面也有了很大提升。家庭和睦、朋友相善，才是微笑带给他的最大好处。"

你会是下一个每天都坚持微笑的年轻人吗？

智慧是成功的通行证

　　他从小就立志做记者，拿新闻界最高奖——普利策奖。12岁那年，他加入学校的记者团，然后到处采访名人。这期间，很多听说他梦想的人都不禁嗤之以鼻，有的人甚至还嘲笑他是疯子。只有母亲开导他、劝慰她，并且义无反顾地支持着他。

　　母亲经常对他说："青春短暂，有梦想怎么能不去追逐？等老了，生命到头了，再后悔已没有任何意义了。"就是这句话，让气馁、退缩的儿子义无反顾地选择了向前，他甚至牺牲了一切休息时间，全身心投入到新闻理论知识的学习中。

　　后来，他考入了威斯康星大学。在大学里，他一直是学校记者协会的主席，他最大的业余爱好，就是背着相机，到处采访。他所撰写的稿子，也多次发表在《纽约时报》和《华盛顿邮报》上。

　　毕业那年，机会终于来了，《纽约时报》来他们学校招聘专栏记者，他毫不犹豫地报了名，并很快通过了笔试。

　　面试那天，因为人比较多，只好抽签，他抽到了最后一个。为了打发无聊的时间，他喊来几个朋友玩扑克，直到面试官通知他，才匆匆把牌塞进裤袋里。

　　因为有充分的准备，考官的几个问题，他都回答得很轻松。几个回合下来，他发现考官的表情很满意，不由得松了一口气。

但是让他始料不及的是，考官突然提出要一张名片，并且暗示，前面的几个人都留了名片。对于考官的为难，他瞬间急得出了一身冷汗。这是他梦寐以求的工作，他不甘心因为一个细节而失之交臂。

情急之下，他突然想起了匆忙塞在裤袋里的扑克牌，他立刻冷静下来，不慌不忙地掏出来，然后抽出其中的黑桃A说："这是我的另一种名片，它代表着我的身份，因为它是一张黑桃A。"

在美国当时的扑克玩法中，黑桃A是最大的牌。考官彻底被他的智慧所折服，掌声持续了整整5分钟。他就是威廉·布罗德。20多年后，他成了《纽约时报》的著名记者，多次获得新闻界各种大奖，其中包括两次分享新闻界最高奖——普利策奖。

20年后，当年《纽约时报》的招聘考官还曾回忆那次招聘活动："那是一场史无前例的经典对话，他的言语充满着雄心和睿智，事实上，时间也证明了我们当时的选择是多么正确。"在他第二次拿到普利策奖后，布什总统也发来贺电说："你的智慧决定着你是一位无比优秀的记者。"

给梦想一个播种的时间

1960年，他出生于台中市一个殷实的家庭，父亲是公务员，还经营着一家舶来品店。从小，他就喜欢唱歌，梦想着自己长大后能成为一名著名歌手。但有着传统观念的父亲认为当歌手是不学无术的表现，因此他禁止儿子触碰任何与音乐有关的东西。

但父亲实在太忙，根本没时间管他，母亲也沉溺于牌桌之间，这让他有机会可以去慢慢地触碰音乐。那个时候，他最大的兴趣就是跑到同学家里，听收音机里面的流行音乐，在熟悉了旋律之后，然后再改唱自己创作的词。

不久后，父母婚姻破裂，受到刺激的父亲脾气大变，动不动对他就是一顿毒打，他只好经常逃家，一逃就是好几天，头两天跑去同学、朋友家住，之后不能住下去了，就跑去车站、公园露宿。也就是在那个时候，他认识了很多街头混混儿，并与他们来往密切。

父亲开始还骂他几句，久而久之，也就爱理不理。这样的日子，过了差不多一年，他出事了，因为喝醉了酒，他帮别人去追债，深更半夜去踢人家的铁门，被闻讯而来的警察抓住，被判了三年刑，进了感化院。

父亲知道消息后，气得要死，托信来要和他断绝父子关系，他也感到绝望，甚至想到了轻生，只是他觉得对不起姐姐。自从他进感化院后，姐姐每个周末都会来看他，风雨无阻。在姐姐如水般的关怀下，他慢慢地恢复了斗志。有一次，姐姐把他带到他劳动的地方，指着一株鲜花说："还记得你小时候的梦想吗？梦想就好比是栽花，从播种到发芽再到开花，总需要一定时间，而你现在只是一粒种子，如果你想成功，你就得播种、浇水，你必须要学会坚持。"

为了激励他，姐姐还把当时颇有名气的李泰祥先生请到了感化院。在李泰祥的鼓励下，他开始对自己的未来充满信心。

从感化院出来后，为了继续追梦，他找了一份打字员的工作。白天上班，晚上就去餐厅"敲门"，给顾客唱歌。他唱过的地方很多，有一天，他到翔声餐厅，唱了一首《你说过》，中场休息时，突然有一个人走过来说："你有没有兴趣出唱片？"当时，他愣住了，似乎不相信自己的耳朵，直到对方掏出自己的名片，他才相信。

第二天，他来到了对方的公司签约。很快，他成为一名真正的歌手，一首电影主题歌《就是溜溜的她》，让他一炮而红。

他就是齐秦。在回忆过去时，他不止一次提到姐姐的名字，他说："就在我快放弃人生理想的时候，是姐姐拯救了我，她让我明白了坚持的意义。这个世界上，每个人都会有自己的理想，所不同的是，有的人因为各种挫折，没有去播种，所以结果只是沦为空想；有的人一直在坚持，所以才把自己开成了一朵最美的花。"

是的，给梦想一个播种的时间，你才能收获芳香一片。

你想要被施舍一顿，上帝却送你一根扁担

农历大年除夕，美国芝加哥的唐人街上到处张灯结彩，准备迎接新年的到来。美国人汉森所开的一家中餐馆里依然是人头攒动。快到晚上十点的时候，汉森终于送走了最后一批顾客，他准备关门，看看中央电视台的春节联欢晚会，这已经成为了他每年除夕夜的必修课。

但就在此时，一个衣着凌乱的孩子闯了进来，手里还拿着一只碗，他探头打量了那一锅热气扑腾的火锅汤，舔了舔嘴唇，落魄的神色中透着渴望。

汉森急忙走了过去，孩子约莫十岁左右，脸上还有不少伤痕，估计是乞讨的过程中，被其他乞讨的孩子欺负了。汉森示意店员端来一杯热茶，他和蔼的对孩子说："新年快乐，有什么我可以帮你的吗？"

孩子的目光一直停留在那个热气腾腾的火锅上，头也不回的说："看在上帝的份上，你能给我一顿温暖的晚餐吗，就一顿，上帝会照顾你

的。"

见孩子可怜，一个店员小声对汉森说："这孩子遇到了困难，我们就帮他一把吧。"说着，转身就走向厨房。汉森一把拉住他说："他是需要一顿晚餐，可是他最迫切需要的是一根扁担。你去厨房里拿根扁担来，我知道，你一定有很多疑问，但请按照我的意思去做。"

过了一会，汉森拿着一根扁担来到孩子的旁边说："孩子，我刚才把你的意思转告给了上帝，他认为给你一顿晚餐，那是害你，应该给你一根扁担。"

孩子脸上的笑容顿时僵住了，他愣了愣，沮丧地说："这真是个遗憾的消息，我只是需要一顿晚餐而已。老板，我得走了。"

汉森摊开手说："孩子，别急，等我说完了，你再做决定不迟。"汉森示意孩子坐下来，他缓缓地说："孩子，给你说个故事吧。我小时候家里很穷，为了改变自己的命运，十三岁那年，我只身来到芝加哥，不幸的是，遇到了小偷，变得身无分文，我整整饿了三天，最终支持不住，进了一家牛肉店，我其实只是想老板施舍我一顿饭而已，你知道吗，那老板是了给我一根扁担。他告诉我，上帝只会眷顾靠自己双手奋斗的人，孩子，今天我同样把这句话送给你，记住，别人施舍的，再好，也是别人的，只有通过自己双手奋斗得到的，才是属于你自己的。去吧，拿着这根扁担，去街上，你很快能赚回属于的你丰盛晚宴。"

孩子站起来，接过汉森递过来的扁担，目光坚定地走了出去。

二十年后，还是除夕夜，汉森一如往常一样关门，准备回家看春节联欢晚会。这时一个衣着光鲜的中年人走了进来，中年人提着一个花篮走了进来，他对汉森说："尊敬的先生，还记到二十年前的今夜吗，我当时乞求上帝给我一顿晚宴，但上帝却给了我一根扁担，正是这根扁担给了我自食其力的勇气和信心，我靠着它赚回了第一顿属于自己的晚宴，也找到了自己的人生轨迹，这样的帮助，比任何施舍都来得及时和重要。还有，那

根扁担，我给了需要它的人，我希望把它传下去，生生世世。"

值得一提的是，这个中年人正是当年汉森帮助过的孩子，而他后来成为了美国通用汽车公司总裁，他就是理查德·瓦格纳。

用微笑演绎别样精彩

从一个卖鞋郎到新一代"偶像剧之王"，这中间的曲折很少有人体会，而我现在正努力地为奔跑的人生找个出口，我希望将来有人评价我时，会说："这个人不是偶像明星，而是演员。"——阮经天

2008年，一个充满神话的命运之年

2008年是阮经天人生最重要的一年。此时他已经做了七年模特，与郑元畅、贺军翔并称"凯渥三剑客"。六年的打磨把原本叛逆、玩世不恭的阮经天打造成了一个有责任、敢担当的成熟男人。

2008的夏天，注定是属于阮经天的，因为明道与三立电视台闹得不愉快，放弃了《命中注定我爱你》的拍摄，阮经天被安排顶上空位，出道七年来首次担任男主角。起初，并没有人看好这个俗套的灰姑娘故事，但阮经天硬是以自然生动的演技，演活了一个阳光善良、有着柔软内心的富家少爷纪存希。给他配戏的陈乔恩这样形容说："杀青当天，我觉得顿失生活重心，凌晨4点多，我睡不着想打电话跟小天聊天，可是我想到他身边

可能有人，只好作罢！"

陈乔恩的猜测并没有错，2008年3月16日播出第一集，收视率就达到了2.56%，在同时间段偶像剧中排名第二，此后，每一集的平均收视率不断提高。播放到第24集时，达到了12.14%的收视率，还破了明道与陈乔恩主演的《王子变青蛙》创造的中国台湾地区偶像剧最高收视纪录，上演了一出现实生活中的青蛙变王子，成为名副其实的戏剧一哥。

美国知名媒体《华尔街日报》盛赞：阮经天和陈乔恩的魅力、风采、演技是本剧成功的三大要素。

有过七年历练，个性迥异的阮经天，具备一切神话的元素，也成就了这幕青春大戏。

作为中国台湾地区年轻一代演员，阮经天从来就没打算将自己固定在某一种风格上，所以他的每一部戏，不管是配角还是主角，他都在用心演绎，不断挑战自我，或成熟或稚气，或深情或搞笑。

阮经天说："古人说三十而立，所以我希望能用四年的时间去冲刺，我虽不知脚下的路会朝哪个方向，但我会走好每一步，因为我的每一步，都是我的整个人生。"

成功源自执着

阮经天出生于一个军人家庭，高中时是游泳健将，曾获得台中市铁人三项冠军，按照母亲对他未来的规划，他将去报考飞行员，并且已顺利通过各种考试。

没想到，一次偶然的机会却让阮经天走上了另一条人生之路。那一次，他陪朋友去试镜。帅气高大的阮经天却被公司看中了。

阮经天犹豫了，同学们都劝他："你资质这么好，不去做模特真可惜了。"可是模特是碗青春饭，等年龄大了，书也没读好，又没一技之长，生活怎么办？

没想到，开朗的母亲却一改初衷，说服父亲一起支持他的想法："你要想当模特，你就去吧。要是没干出成绩来，再去学门技术也不迟。"就这样，阮经天签约了凯渥模特经纪公司，以走秀、拍摄广告为主，也与王菲、张惠妹等天后合作MV。

2005年，阮经天接拍了《绿光森林》，但和女主角的绯闻导致演艺事业陷入低潮，之后几年始终没有起色。那三年，是阮经天最为艰难的时候。

阮经天当时和公司的另外两名同事郑元畅和贺军翔同住在一个房里，虽说每个月有4000元的进账，但付完房租，基本所剩无几，但崇尚简单生活的阮经天却称之为体验生活。穷得没钱吃饭，三个大男人就合吃一袋方便面，吃完了便一起嘻嘻哈哈地去海边游泳。

父母见他如此受苦，不忍心看下去，便劝他："别苦自己了，回来吧，我们养你。"阮经天却有另外的理解，他对父母说："既然选择了这条路，我就要走下去，不管前面多艰难，我都不能放弃和退缩。现在虽然我穷，但我很快乐，没有多少人会比我快乐。而且我相信，有了这段磨炼，我会更加珍惜所拥有的一切。"

2006年父亲节，孝顺的阮经天想买些礼物给父亲，但到银行去提款，却发现卡上只剩下10多元钱，阮经天当时非常郁闷，回到自己租的房子，他在卧室里来回走动，他突然有了想法，决定到网上去拍卖自己珍藏的限量版球鞋，一来给父亲买份礼物，二来也可以改善一下自己的生活。

阮经天咬牙坚持着他的演艺道路，在经历了《花样少年少女》里的申乐、《热情仲夏》里的周乔杉后，他终于迎来了《命中注定我爱你》里的纪存希。

　　是执着成就了阮经天的成功，同时也让他交到了一大批挚友，陈乔恩、明道、杨谨华、郑元畅等，就连蔡依林也成了他的铁杆朋友。

　　娱乐圈的人，总免不了一些八卦新闻，阮经天也不例外，尤其是在演绎《命中注定我爱你》后，他几乎是一夜成名，各种流言也是铺天盖地而至，甚至被圈外前女友说劈腿成性，同时交几任女友，还对女友有特殊癖好……阮经天选择了平淡地应付，并且一再对前绯闻女友言言和小任感到抱歉。在此后出席各种活动时，总有记者会不甘心地追问，阮经天坦言："以前我是对爱情很迷茫。因为天蝎座的自己占有欲极强，随时打电话都要找到人，而且一天狂打好几通，差点儿没把前女友搞疯！不过随着年纪的增大，我已经懂得放手给对方空间。如果你要问我有没有劈过腿，我可以负责任地告诉你我从未劈腿，以前不会，现在不会，将来更不会。"

　　一席话说得记者无法反驳，真诚、坦率，而又极具绅士，这就是阮经天的生活态度，把事情想简单一点，然后一步一步地去实现，成功就是这么简单。

做个有担当的男人

　　在《败犬女王》里，阮经天饰演一个敢爱敢恨的打工达人"卢卡斯"，如果说2008年，阮经天走红是靠了一点运气，那一年之后的《败犬女王》一直保持着台湾的收视No.1，足以证明他的实力，不同的角色，却是一样细腻的表演。

　　阮经天坦言，其实一直以来，他都渴望有一份公开稳定的爱情。不过在是非太多的娱乐圈，阮经天的想法有些可望而不可即，但是他并不在意。熟悉他的人都说阮经天是个绝种好男人，丝毫不输给剧里的纪存希，既不甩大牌，又很专情，眼里只有许玮宁。

确实是如此，阮经天走红以后，与女星的合作机会也越来越多，诱惑也接踵而来，他抵制了诱惑，有事没事的时候，他就联系许玮宁，一个电话、一声问候、一个微笑，全是他的柔情演绎。

除了对女友嘘寒问暖，阮经天对女友的家人也是照顾有加，一有电话，总是随喊随到，做司机接送女友和未来岳母。

工作之余，孝顺的阮经天总会去看望许玮宁的父母，每次都会带一份小小的礼物。有一回，许母病了，阮经天连忙推掉手中的预约，急急忙忙赶到医院。许母住院期间，阮经天寸步不离病房，阮经天对许母的照顾，让许玮宁的亲朋好友都十分感动。

许母病好以来，每次看到阮经天过来，她总会拉着女儿的手说："小天这孩子真的不错，你跟着他，我也就放心了。

阮经天虽然有结婚的念头，但考虑到自己的事业才刚刚开始，没什么稳定的基础拿什么去结婚？他常对母亲说："我总认为男人一定要有稳固的事业基础，有不虞匮乏的经济基础，才可以放手去尽量爱。贫贱夫妻百事哀，当你每天都苦于生活，哪来的幸福快乐？"饱经苦难的阮经天在认清楚婚姻的实质后，他决定以负责任的态度去面对未来。

对于自己的事业，阮经天有着更清晰的认识，因为他知道偶像的艺术生命并不长，顶多三五年，而做演员至少还可以演30年，阮经天常对朋友说："我不想经营'明星'事业，而是'演员'角色。"

有了目标的阮经天不再向往偶像天王的光芒。以前，他喜欢去逛街，去打篮球，一有空就去，而现在他转变了很多，不再把自己当成一个名人，而是把自己当成一张白纸，去北京电影学院进修，用知识来提高自己。

　　阮经天并不担心自己的离开会被人遗忘，因为他知道，暂时的离开是为了更好地回来。不经历风雨，又怎么能见彩虹？阮经天也明白自己将来的路并不会一帆风顺，但他会很努力很执着地走下去，把好当作勉励，把坏当成人生财富的一部分，勇敢面对，永不放弃，只因为他是不一样的阮经天！

第二辑

鲜花从来不自卑

打开另一扇窗

　　爷爷是个菜农，种了一辈子的菜，也卖了一辈子的菜。说也奇怪，爷爷卖菜不管去哪个地方，不到半个小时满满的一担菜就被抢购一空。有一次，我和哥哥好奇，说我们也去卖菜，去体验一下。爷爷欣然同意。

　　我和哥哥担了菜去市区，正好碰见叔叔也在卖菜，自然我们就站在他的旁边。叔叔的菜很整齐，很新鲜。相比之下，我们的菜上面有很多斑斑点点。来叔叔旁边买菜的人大都是年轻人，虽说我们的菜很干净，但别人翻了翻，老说我们的菜质量不高。

　　到了下午，我们担着大半担菜回来了，爷爷惊讶地问："你们为什么不说说自己的菜呢？"我说："叔叔的菜很漂亮，我们比不上。"爷爷说："你叔叔的菜只能糊弄那些年轻人，他的菜是靠药扶起来的，经常是今天打了药，明天就去卖，我们的才是绿色蔬菜。"

　　隔了会儿，爷爷说："我带着你们去卖。"

　　爷爷带着我们去了另一个小区，他说他从没来过这儿，爷爷旁边还坐着很多卖菜的人，那菜和叔叔的一样漂亮。

　　爷爷不慌不忙地拿出几个土鸡蛋放在前面，鸡蛋在明晃晃的阳光下，泛着金黄的光。见到顾客远远走来，爷爷笑脸相迎，还不时交流一些做菜的经验，遇到有疑问的顾客，爷爷拿起蔬菜解释着："看起来有些小孔，但没打过农药，这个时节，不打药就喂饱了虫子啊。不过，这样的菜，吃起来放心。"一席话把顾客说得连连点头。没多大工夫，爷爷的菜就卖出一半了。

再有顾客仔细翻的时候，爷爷却没解释。回家时爷爷告诉我们，大家都认可了，就没有必要再费唇舌了。

爷爷拉着我们的手说："卖菜和做人是同样道理，你越想把自己隐藏得深，就越得不到别人的认可。与其那样，还不如干脆把自己的心袒露出来，以获得别人的尊敬与认可呢！"

心里那抹向家的朝阳

从小就在母亲的臂弯里长大，我喜欢那种安宁的感觉。

老屋还是以前的样子，只是主人，已经鬓发苍白。很多年都没有回家了，屋前的那两棵槐树，已经粗壮无比，风华正茂。横一架秋千，躺在上面，遥听来自山那边的驼铃声，非常惬意。母亲正在厨房里煮甜酒，她知道我们爱吃，每次回来她都要弄。冬天，甜酒能久放，妈妈一次就泡了二十斤米，夏天就只敢泡两三斤。

父亲的脚步声响起。肩上一担篮子，里面全是鱼、肉还有我最爱吃的爆米花。很少见父亲这样忙碌了，忙碌的背后却是一张笑意盈盈的脸。我刚走到灶下，母亲就挥舞着手臂："去休息，去休息。"

只好到外面，远远地看见父亲正在和田里劳作的乡亲们打招呼。有人说："看你乐的，是不是捡了什么金元宝啊？"父亲就朗朗地笑："比这个还要实在，我两个仔都回来了。"那人就说："儿子回来了，你就更忙了。"父亲边走边说："只要他们常回来，我再忙，也忙得值。"

声音一波一波地传来，我的心一阵阵温暖。

忽然想起小时候，父亲每天晚上都会在村口的那棵槐树下等我放学归来。抱起，狠狠地亲两口："乖儿子，回来了。走，回家去哦。"我就在父亲如山的背里，眯着眼，静静地享受着，小小的心，很安静很温馨。

风儿轻拂，岁月如歌。在父母强有力的臂弯里，以前那个淘气的小子，转眼长大成人，娶妻生子。而父母却变得瘦小，虚弱。虚弱得只剩下一点点心愿：只希望不被我们淡忘。

一家人都围在火锅边，母亲不停地给两个媳妇夹菜，父亲就不乐意了："瞧你，从来就没给我夹菜。"母亲笑："好好好，看在儿女都回来的份上，破例给你夹一回。"父亲也忙着给儿媳夹菜。

眼睛触到母亲那双苍老的手，我的眼忽然一红，强忍住泪，赶紧从行李包里取出一盒保健品说："妈，给您的。"母亲乐了，冲父亲说："你看，还是儿子心疼我。"父亲瞪了瞪母亲，又瞧瞧我，我连忙说："少不了您的。"说着赶忙给父亲取来衬衣。父亲这才笑了，兴奋地说："你别臭美了，儿子还是心疼老爸些，你瞧瞧这衣服，多气派！"

在家待了一周，接到单位通知，我不得不匆匆踏上离家的旅程。一周后，妻子给我整理行装时，忽然发现给母亲的保健品她又原封不动地给我们了，上面还有歪歪斜斜的一行字：

"儿啊，有你这份心意，妈就知足了。你岳母身体不好，你给她捎过去，就说感谢她，给了我们这么好一个儿媳。如果有时间，就多回来走走，老家虽穷，但至少是你家，妈不图别的，就只想多瞅你几眼……"

忽然想起，前不久，在岳母家，我们也有几乎同样的经历：同样被偷偷塞到了行李里，同样类似的留言。再看妻子，她早已是泣不成声。我轻轻挽住妻子，深深叹口气。

原来，我们的母亲，奢求的，不过是我们心里那抹向家的朝阳。

爱，就是这样演绎

　　13岁那年，男孩一家人准备回老家过年，半路上发生了车祸，男孩的一条腿断了，而父亲的头部也被重重撞伤，从此失去了听力。

　　那一刻，男孩想到了死，他是多么希望自己能成为一名著名的运动员，可是现在已经变成了一种奢望。父亲在他身边坐下，把《钢铁是怎样炼成的》递过去。"看过这本书吗？"父亲问。男孩轻轻点头。"再看一遍吧，现在你非常需要它。"父亲接着说。男孩在纸上轻轻地问："我真的还可以做一个有用的人吗？"父亲微笑着，用力拍了拍儿子瘦弱的肩膀。

　　男孩此迷上了画画。这一画就是五年，在这期间，男孩一度想到了放弃，但想起父亲此时也与他受着同样的痛苦，男孩也就勇敢了。

　　五年后，男孩的一幅画在全国青少年美术比赛中获得了一等奖。从此他一发不可收拾，到处获奖，到处开画展。男孩的每一次画展，父亲都会来参加，他虽然听不到别人对男孩的赞美，可是他能看得到。每天，父亲第一个来到会场，然后坐下，任满足和幸福在自己脸上静静地流淌。

　　男孩结婚那天，他给父亲跪下，抱着父亲的腿，大哭。父亲说："你现在还哭什么呢？你已经成功了，事业和爱情双丰收，我们应该高兴才对。"儿子说："没您这五年的陪伴，我哪能有今天啊？"

　　婚礼结束后，母亲叫他的名字，父亲居然在这头应着。

男孩惊呆了，好半天才回过神："妈妈，你快来看，爸爸能听见我说话了呢。"

"傻孩子，"母亲摸着儿子的头说，"你爸根本就没聋，他装了五年，全是因为你，因为我们知道只有拥有和你同样的痛苦，才能安慰你这个倔强的孩子啊。现在你已经长大了，你爸爸也用不着继续装下去了。"

"为了我，父亲竟然装了五年的聋子……"男孩说完这句话，扑在母亲的怀里，早已泣不成声。

那个傻瓜的爱

老实说，我真的不愿意和他一起出差，我讨厌这个天天只会吹牛、什么都小气的男人。可是有什么办法呢？这是经理的意思，一想到要和他共处5天，我心中就傻了。

一路上他老是在和我吹他家乡怎么美、哪里又修了大楼、哪里又出土了什么文物，他还邀请我到他家里玩，说那里真是块风水宝地。我把头扭过去，真想呕。

到了租的房子，他邀请我去孤儿院，被我委婉地拒绝了。我邀请了几个文友，打算一起去喝酒。晚上6点多，我经过孤儿院的时候，从车窗内看到他抱着几个孩子，围在一个卖冰糖葫芦的人旁边。

"这个人我倒是经常看到他"，朋友告诉我，"听说他还资助了好几个孤儿。"

我就从没见过他有如此好心过，我心想。

回到租的房子时，他还没睡，一见我回来，他热情地爬起来，要给我倒茶，我说不用了。等了一会儿，他又站到窗台旁，掏出手机打电话。看他一脸幸福的表情，我想，说不定他在和这个城市的某个相好联系呢，这样的男人真是龌龊。

他不停地说着话，像是在跟领导汇报一样，我片刻也不想待下去，我说我去洗澡了。他点点头，继续打他的电话，我出来的时候，他刚刚挂断。

"不好意思，吵着你了。"他不好意思地笑。

我说没事。"你打给你妻子啊？"片刻后我又问。

"是啊，一天晚上打一个，都成习惯了，不打心里不自在。"

"你妻子这么晚都没睡啊？"我问。

"嗯。"他叹了口气，"我想睡觉对她来说已经是多余的了。"

我呆住了。

"她在5年前因为一次车祸过世了，"他顿了顿，接着补充，"为了救一个学生。"

原来他的妻子是一个老师，我越发惊讶了："这5年来，你一直都有这么一个习惯？"

"是的！"他说，"这样她就能知道我每天的行踪。活着时，我让她天天担心，死了我不想她再为我牵肠挂肚了。"

"可是她听得见吗？"我又问。

"能，我相信一定能。"他点头如捣蒜，"不信，你听听。"他又掏出手机，拨了9个9，电话里传来一阵忙音。"听别人说，拨9个9能连通到天堂，我试了，我真的能听到她的声音呢，我感觉我们就在一起，我甚至能感觉到她的心跳。"

"你真是个傻瓜。"我忽然羡慕起他来。

"我妻子临死前有个心愿，"他又说，"她想资助100个孤儿，她生前没有完成，我得继续走下去。"他掰着手指数了数，"还差一个就50个了。"他眼里滚出两滴满足的泪水。

那个瞬间我对他肃然起敬。在这之后，我脑海中便经常浮起这么一个画面：在那个美丽的下午，在公园里面，一对中年男女手里抱着两个孩子，幸福地往前走着，在他们的后面，还跟着一群胸前飘着红领巾的孩子，他们的笑声一浪高过一浪……

答应过眼睛

年轻的母亲和五岁的儿子看电视，母亲问儿子："电视里戴眼镜的阿姨漂亮不？"儿子点点头。母亲又问："妈妈漂亮不？"儿子仍点点头。

"那是妈妈漂亮还是电视里戴眼镜的阿姨漂亮？"

儿子昂起头，认真地说："妈妈漂亮！"

"那么，要是妈妈眼睛看不见了，妈妈还漂亮不？"

儿子说："在我心目中，妈妈永远都是天下最漂亮的！"

"真的？"

"真的！"儿子骄傲地说，"不信拉钩。"母亲果真和儿子拉了钩。母亲拉起儿子说："那你陪妈妈去买眼镜吧。"儿子摇头说："为什么要去买眼镜呢？这样不是挺好的吗？"

母亲笑了："你不是看见了吗？电视里的漂亮阿姨都戴着眼镜的。再说了，妈妈要是戴着眼镜回来，小区里的人都会以什么样的心态看我？你爸他又会怎样看？"

儿子拍着双手，大笑："小区的叔叔阿姨们肯定都羡慕得要死。"

"他们羡慕什么呢？"母亲微笑着问。

"羡慕我有一个漂亮、时髦的妈妈啊！"儿子转转身子，顽皮地做着动作。

"还有呢？"

"爸爸肯定会傻呆了，他可能都认不出你来了，这时该我出场了，我就说家里来客了，这个客人就是妈妈，妈妈是我们最高贵的客人呢。"

母子俩一起开心地去了眼镜店。儿子去厕所的时候，母亲迅速拿出手机拨了个号码，电话那头是个沉重的声音："孩子搞定了没？"

"是的，一切都如你所愿。"

"那就好。"男人长长地叹口气。

不久后，母亲就住进了医院，母亲始终微笑着，戴着眼镜。一年后，母亲离开了这个世界。她走的时候，一直都戴着眼镜。母亲因为肺癌去世，她离世前所做的最后一件事，就是用她的眼角膜救助了一个失去光明的孩子。

儿子知道真相是在多年后。那时，儿子已经长大，做过服务员，干过导游、保安。但不管人生怎么沉浮，他脸上都是一副微笑的表情，给人的印象是一个打不倒、拖不垮的男人。直到他开了家公司，成了造福一方的老总。在记者面前，他才说出了实情。

他说："这都是多年前患病的母亲给我的影响。"

"可是你的母亲在你六岁的时候就离开了人世。"有记者不解地问。

"是的。我母亲是走了，但她在离去前一直都以言行身教影响着我。在母亲的灵堂前，我就答应过自己的眼睛，从此以后，不管我的人生怎么坎坷和曲折，在痛苦面前微笑是我所有的表情，因为那不仅仅是一种勇气，更是一份对亲人和家庭的责任和义务。"

那个离你最近的人

我曾在电视上多次看到过这样的新闻，一对父子关系变得水火不容，甚至不惜大动干戈，接着便是父亲出走。从此，天涯海角形同陌路。亲朋聚会，别人提到儿子，老父亲便会火冒三丈，似乎在他的眼里，十年不见，二十年不相见，也不会难过。但真正有一天，当儿子落难了，父亲便再也坐不住了。

儿子得了尿毒症，须换肾。对这个并不富裕的家庭而言，治疗只是一个遥远的幻想，灾难把这个本就不幸的家庭推到了风口浪尖上。

更让人难堪的是，妻子、儿子也相继离开了他。

生活便是这样，貌似再恩爱再甜蜜的夫妻，在天灾人祸面前，也常会分崩离析。看着亲人劳燕分飞，他却无能为力，他陷入了绝望的境地，唯有一天天地等死。

有好心人建议他："为什么不去找你的父亲？至少能多一个人帮你想办法。"他苦笑："多年前的年少无知，把疼我爱我的父亲气走了。整整十年了，他都没联系过我，在他心中，也许早就没我这个儿子了。"

站在医院的门口，很多人都在猜想，儿子生命中最后的亲人到底会不会出现，他真能甩手不管儿子的死活？几乎没有任何疑问，最后的答案是，父亲一定会来。因为，在生活的危难时刻，离他最近的，只可能是最疼他最爱他，纵有恨也舍不得的年老父母。而事实的确如此，老父亲卖了房子、卖了地产，来到了医院。不顾自己已是高龄，依然捐了一个肾给儿子。出院的那天，儿子跪在父亲的面前，痛哭忏悔。

生命中，我们都会有这样的经历：年幼时，最好吃的，永远都是在我们的手心；长大了，父母便日盼夜盼盼着我们回家，等真正到家了，父母开始忙碌了，往往是一大桌子菜，而很多时候，我们只是动了几口，就匆匆离去，那些剩菜剩饭，便成了父母数日的三餐。等再回去，又是如此。即使是父母到城里来看我们，他们总是把家里的东西大包小包地往城里带。

我们这辈子，总会结识很多的人，有肝胆相照的朋友，有同床共眠的情侣，但没有人能取代父母在我们人生中独一无二的地位，开心的时候替我们开心，痛苦的时候来安慰我们，而不在身边的时候，又在日日夜夜思念着我们。

十年前，我和妻子回老家。妻子是城里人，从没到过乡下，当我告诉她，乡下蚊子多蛇也多，又没电扇时，她便吓坏了。那个晚上，是母亲陪她睡的，由于担心她被蚊子咬，母亲不停地用扇子为她驱赶蚊子，妻子甜甜地睡了一夜，而母亲却折腾到黎明。

一年前，儿子在学校体检时，检查出有乙肝，我不相信。带着儿子去大医院复查，去得晚，抽完血已经是11点了，而结果要到下午5点半出来，我不忍心儿子跟我一起等，便叫他回家。

在大街上漫无目的走了一大圈，我又回到医院。

找了个宽敞的地方，正想好好睡一觉，有人拍我的肩膀，是白发苍苍的父亲，他提着保温桶，一脸大汗地责备我："没吃饭吧？你妈就料到了你要省钱，这不，她给你熬了鸡汤，让我给你带过来。"等我吃完，父亲突然要赶我走，尽管我告诉他，我今天放假，不用去单位，父亲依然鼓起大眼说："等一个结果，还要两个人？这是浪费资源。"接着，又重重拍了拍我的肩膀，说，"没事，就多陪陪你儿子，和孩子多沟通沟通。"我的心一暖，我知道拗不过固执的父亲，我也知道，其实父亲还有一句话没说，那就是多陪陪我年老的母亲。

忽然想起早上妻子发给我的一条测试短信："在你生命中，哪个是离你最近的人？"选项是朋友、妻子、父母。其实，我早就知道答案，从你生命呱呱坠地起，那个便开始关注着你、疼你爱你，给你最好的，能和你分享快乐、和你承担痛苦的，只可能是你任劳任怨的父母。

我微笑着编辑好答案，发送，盖上手机。转身，我看见父亲正微笑着朝我挥手告别。

鲜花从来不自卑

那一年，她17岁，花一样的年龄。

那时候，她家后面有一片树林，越过树林不足两里地就是她的学校。可是，每天上学经过这片树林时她都很害怕，所以每次她手里总是拿根棍子来壮胆。

不久，她的身边便多了个男孩。这个男孩是刚从其他学校转来的，老师安排他坐在她的旁边。头一天，他看到她手里拿着棍子，很好奇。当他知道了她胆小后，他便说："以后我每天晚上送你。"她只是低着头，不说话。

以后他真的每天都送她过那片树林，她嘴上不说，心里却很感谢他。她的家里不太富裕，父亲去世后，母亲就成了家里唯一的支柱。母亲含辛茹苦地把她抚养长大，就是希望她能考个好大学。所以，读书自然成了她生活的全部，她对学习以外的事物，都没有兴趣。但是，她对他却有了好感。

学校要组织一个演讲比赛，她很想报名，可是班长讽刺她说："凭你那口乡下普通话也想脱颖而出？我看你还是读好你的死书吧。"她的心一下子凉了，哭着转头跑了出去。他追上她，想安慰她，她却陷入了深深的沉默。

有一天，他突然对她说："我们去看鲜花吧。""看花？"她抬头，一脸惊讶。那是个周末，在绵绵的春雨中，他执着地拽着她的手往山上跑，跑到山坡上，他们都惊呆了，漫山的鲜花，鲜艳夺目，他们仿佛跌进了一个童话般的世界。他说："你看，鲜花多漂亮啊！它们从来不自卑！"她甩开他的手，心怦怦地跳着，一张脸羞得通红。18岁的年纪，他们已经能从彼此的眼神里，读懂什么叫喜欢，也从中找到了自信。

第二天早上，他的抽屉里便多了一枝野花，是她送的，她说："谢谢你的鼓励，我没有什么好送你的，一枝花，是我全部的心意。"之后的每一天清晨，她都会跑到山上去朗读，顺便折下一枝野花，塞在他的抽屉里。

他把那些花儿放在书本里，干了就做成标本，贴在他卧室的墙壁上，每枝花的标签里都详细记载着关于这枝花的故事。那个夏天，她的演讲比赛拿了全市一等奖，她顺理成章地被列入学校的保送名额中。

很快，高三来临，她的学习更紧张了，但她总是变戏法似的在他的抽屉里塞上一枝鲜花。每次望着那一抹抹殷红，他总会傻傻地笑，他记得她说过的话，每一枝鲜花，都代表了她的心意。

他们彼此交往着，甚至在一起构思着两人的美好前程。可是，那年5月，那个伤感的5月，他病了，病了整整一周，也没有再护送她回家。正是紧张的高考时期，她只好住到学校。

那天，她突然来找他，说要给他补课，他吓了一大跳："你疯了？都什么时候了，你还不抓紧时间复习？"她咬着嘴唇说："我不管，只要你能考上，我做什么都愿意。"他自然拗不过她，她每天下课就来，很晚才回学校，风雨无阻。

因为太累，加上淋了几次雨，她患了重感冒，但她依然没有放弃去他家补课，他实在看不下去了，就把她关在门外，狠狠地说："你这样，会毁了你自己的。"

最后一次摸底考试，她出乎意料地滑退了20多名。结果可想而知，原本属于她的保送名额，花落别家。她为此大哭了一场，他听说后，把一切责任都揽在了自己身上。

从此相逢，都是远远地看着，好几次她都想找他说话，刚迈步，他就跑得远远的，只惊起身后一地的灰尘。

高考结束后不久，她去找他，才得知，他去找抢了她保送名额的那个男生打架，被关进了看守所里。她几次想联系他，都没联系到。

不久，她考取了北京一所院校。三年之后，她留在了北京的一家外企里，从业务员一直做到高层主管，却一直没有他的消息。

后来，她组织了一次同学聚会，寻找他的下落，结果，有人告诉她，他去了一个很远的地方。

再后来，她抽空回了一趟老家，从他的父亲那里知道了他的具体地址之后毫不犹豫上了飞机。

小城很小，小得连辆公交车都没有，到处都是凹凸不平的地面，他就在一个偏僻的工厂里，住顶楼。

她进去的时候，他正在听音乐，墙上到处都是野外的标本，桌子上摆放着一大盘刚采的野花。她的眼睛不由得湿润了，他连忙给她倒茶，很粗很粗的茶叶，她却一口饮尽。

沉默了半天，她忽然问："为什么要到这么偏僻的地方来？"他说："因为这里有花，大片大片的野花。"她的眼泪一下子就涌了出来。

那年，他因为打伤了人，没能参加高考。很多人都瞧不起他，他感到很自卑，就离开了家乡去打工。坐火车去深圳时，看到这个四季如春的城市有大片大片的野花，他毫不犹豫地下了车，在当地的一家工厂里当门卫，这一待就是四年。

她忽然提出要去看花，刚走到山坡上，满山的映山红扑入眼帘，她小心地摘了一朵给他，她说："你看，鲜花多漂亮啊！它们却从来不自卑！跟我回去吧，重新开始。"说这句话时，他突然哭了，紧紧抱着她。

虽然，他什么也没说。

她为什么能成为总统

2006年1月，利比里亚受到了全世界的关注，因为这一天，利比里亚第23届总统埃伦·约翰逊·瑟利夫女士的就职典礼将通过电视向全球直播。

但是许多人感到不解：在重男轻女观念盛行的利比里亚，是什么让瑟利夫如此深获人心？

当有记者带着疑问咨询瑟利夫的竞争对手、世界足球先生维阿时，他说："让瑟利夫做总统，是因为全利比里亚人民尊敬和喜欢她，她不仅给人们带来了廉政、光明，而且还给这里的青少年和女性足够的关怀和爱。我虽然在竞选中失败了，但我一点都不遗憾，因为利比里亚人民需要她。"

瑟利夫一生坎坷，做过洗碗工、坐过牢，还多次险遭暗杀，当过利比里亚商业部长、利比里亚发展和投资银行行长、世界银行高级借贷官员、国际货币基金会利比里亚代表、联合国开发计划署非洲分部主管。她也因曲折的人生经历获得"铁娘子"的美称。

作为一直在经济领域工作的瑟利夫，她知道如何团结和重建自己的国家，第二轮选举中，她选择以媒体作为突破口。很显然，她志在建设一个强大而繁荣的利比里亚。67岁的瑟利夫，凭借着多年从政的优势，打出"消除腐败，谋求发展"的旗号，在一脸强硬的光芒中，成为一个跨越性别的最具亲和力的政治家。瑟利夫还巧妙利用她女性的身份和视角，成功地得到了众多女性选民的支持，无论是她的支持者还是批评者，都不否认只有她最了解教育的重要性，也最懂得年轻母亲的心理。

瑟利夫作风节俭、平易近人，每到一个地方拉票，她首先是了解人们的生活状况。在博波鲁，她在选举后亲自带领女性工人一起参加劳动。在工厂和农村开展竞选活动时，她时刻不忘提醒女性选民要和男人一样，做些有意义的事。在班加西，她带着选民筹集善款，为的是在这里再建一座小学。"我们不想再看到你们坐在村子里，我们希望能在学校见到你们。"她对年轻人说，"你脑子里的东西，没有人可以夺走。"在塞卜哈，在演讲结束后，她给一个考试不及格的小学生，补习了两个小时数学。

这就是瑟利夫，平易近人、仪态万方、惠质兰心，又锐意进取的瑟利夫，她博得了全利比里亚人的认同和喜欢。正如她在获胜演讲中所说的："今天是一个新时代的开始，我国在经历了多年的动乱及不稳定后，将迎来新的黎明。"

是的，瑟利夫把自己的命运和全国人民的利益紧紧捆在了一起，也融进了300万利比里亚人的心中，凭借着超强的政治能力，最终问鼎总统宝座，也改写了非洲没有女性总统的历史，这就是她为什么能当上总统的秘密所在。

阳光为芬芳普照

美国著名慈善家、英特尔公司创始人戈登·穆尔小时候家境并不好，为了给自己赚取学费，穆尔兼职了几份差事，其中一份工作是到一个贫民社区扫地。为了能在5点前赶到社区，他必须每天凌晨4点就起床，带着母亲做的面包，匆匆出发。因为经常遭到嘲笑，穆尔小小的心里充满了对世人的鄙夷和不屑。

一个下雨的凌晨，穆尔披着雨衣正在打扫，一个中年人忽然快步走过来，一把踩住他的扫把，大笑起来。穆尔彬彬有礼地说："先生，您踩住我的扫把了。"中年人说："要我松开也可以，你得把你身上的钱全给我，因为我几天都没吃早餐了。"穆尔哪经历过这等场面，被吓坏了，双手不自禁地去摸自己的口袋。中年人更得意了，他冲上去，抢走了穆尔身上所有的钱，然后扬长而去。

好半晌，穆尔才从惊恐中回过神来，一摸，仅有的5美元已经不知去向，那可是他一周的生活费啊。穆尔连忙去追，但中年人已消失在茫茫雨夜中。

穆尔不知所措地坐在地上。这时，一个老年人走了过来，扶起他，问清了事情原委，老年人恨恨地说："一定是该死的托尼干的，这小子，游手好闲，不务正业。你等着，我去帮你要回来。"老年人带着穆尔来到一个餐厅，让他稍微等一等，然后快步走了。

过了一会儿，老年人气喘吁吁地走回来说："孩子，我替你好好地教训了他，他表示再也不做坏事了，这下你可以放心了。"看着孩子仍然怨气满面，老年人便把他带到了一个花地里，然后语重心长地说："孩子，你看这些花丛里，虽然有些花有毒，但大部分都是好花。你看，阳光并没有舍弃它们，她依然无私地照耀着每一朵鲜花。孩子，你明白我说的意思吗？"穆尔重重地点了点头。

多年以后，穆尔拥有了千万财富，但是他一直都忘记不了那个曾经帮助过他的老年人，他一直试图寻找，在整整三个年头后，他终于找到了当年的那位老人家。

从老人的嘴里，他才知道，老人其实并不认识抢他钱的人，他只是想用自己温暖的双手，安抚一颗受了伤的、充满怨恨的心。

此后，穆尔每出席一次慈善活动，都会在他的演讲里提及当年往事。他总是说："那些年，我一直对世人充满了恨和鄙夷，是老人家，让我彻底放下仇恨，心中只有爱。也让我明白，不管是什么花，只要阳光不舍弃、自己不舍弃，终究有一天，都能绽放出最美的自己。"

把怀疑交给时间

2010年10月4日，85岁的罗伯特·爱德华兹在等待了32年之后，终于凭借其创立的体外受精技术获得诺贝尔生理学或医学奖。他的研究曾使400万人得以降生。

爱德华兹1925年出生于英格兰曼彻斯特的一个医学之家，在两岁的时候，他就跟随着父亲到处行医，耳熏目染之下，他开始表现出对医学的浓厚兴趣。

二战中服完兵役后，爱德华兹进入威尔士大学和爱丁堡大学学习生物学，1955年获得博士学位，论文内容为小鼠胚胎发育。1958年他成为英国国立医学研究所研究人员，开始了对人类受精过程的研究，从那个时候起，他就把每一个研究人员都盼望得到的诺贝尔生理学或医学奖作为追求目标。

很快，爱德华兹在研究中遇到了瓶颈。不少同事也对他冷嘲热讽，这种尴尬的局面既让爱德华兹感到失落，又使他充满了信心。他相信，只要自己坚持下去，终究有一天，他能开启人类历史上一个全新医学领域。

考虑到个人能力的局限性，爱德华兹决定找一个志同道合的合作者，妇科专家帕特里克·斯特普托便进入了他的视线。爱德华兹打电话过去，两人一拍即合。

在经历了80次失败后，1978年7月25日，一个体重2700克的健康女婴、世界第一个试管婴儿路易丝·布朗降生了。她的出生震动了世界。有荣誉，但更多的是怀疑和恐吓。有人说他想做上帝，有人说他破坏了伦理道德。后来，爱德华兹简直到了忍无可忍的地步，他对媒体说："人生最重要的事情是有一个孩子，世上有什么比孩子更特别的呢？我会一直坚持我的工作，直到生命结束的那天。"

随后，爱德华兹与斯特普托又共同创立了全球首个体外受精研究中心——伯恩霍尔生殖医学中心。

正是由于爱德华兹这种严谨的科学态度，2001年，这位"试管婴儿之父"获得艾伯特·拉斯克医学研究奖，而这一奖项的得奖者中有一多半获得过诺贝尔奖。

但是接下来的几年时间里，爱德华兹都没有得到诺贝尔生理学或医学奖提名，他甚至受到同行的批评和孤立，但爱德华兹的心情没有受到什么影响，他一如既往地做着他的工作。2004年，他在参加路易丝的婚礼后说："我常被人们称为疯子，我知道没人愿意在伦理方面冒险。许多人也对我说，那些孩子(试管婴儿)不会正常发育的。"

　　时间辗转来到2008年，这个时候，全球已有300多万人通过试管婴儿技术出生。但是这些人的正常发育、生活和繁育后代，体外受精技术是否安全有效，仍然受到了大众的质疑，爱德华兹也再一次被诺贝尔奖评审委员会拒之门外。

　　爱德华兹的遭遇让很多人感到不平，曾经和爱德华兹一起在剑桥大学工作的科学家马丁·约翰逊说："爱德华兹是伟大的科学家之一，他上世纪60年代的发现带来突破，改善全球百万计民众的生活，他拿诺贝尔奖绝对是众望所归，我奇怪这一奖励怎么每次都与他绝缘。"

　　此时的爱德华兹已经是83岁高龄，因为身体原因，家人和朋友都劝他早点休息，爱德华兹却执着地说："我现在还年轻，我应该继续奋斗。"

　　此后的日子里，爱德华兹一直带病坚持工作。最终，在他85岁高龄的2010年，战胜了众多候选提名人。在经历了长达32年的怀疑之后，爱德华兹终于得到了一个早就该得到的公道，证明了自我，也证明了试管受精这项技术安全和有效。

　　"把怀疑交给时间，我相信时间能证明一切。"得知获奖结果，爱德华兹的妻子意味深长地说，"其实，我还得感谢诺贝尔奖这些年来的拒绝，是它给了我丈夫坚持下去的理由。你看，他虽然还卧病在床，但他已经迫不及待想站起来工作了！"

与猛虎共舞

　　他出生于俄罗斯下塔吉尔的一个工人之家，叔叔是一名大学老师。受叔叔的影响，从小，他就表现出对数学的浓厚兴趣，中学时，他迷上了物

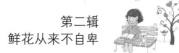

理，每个周末都泡在图书馆里，并且经常会拿一些题目去和同学们交流。久而久之，同学们都对他避而远之，不再愿意和他说话。有一次，圣诞节，班上几个物理成绩好的同学相约一起去看圣诞晚会，他突然抱着一叠本子走过来说："嗨，伙伴们，我们一起讨论讨论吧，这可比去参加无趣的圣诞晚会有意义多了。"一个同学走过去，忍无可忍地推了他一把说："滚远点儿，让你和你的物理见鬼去吧。"

望着四处飞散的作业本，他伤心地哭了。回到家，正好叔叔也过来了。他便失落地问："同学们都不愿意与我交流，看不起我，我还能学好物理吗？"叔叔拍拍他的肩膀，跟他说起利比里亚总统埃伦·约翰逊·瑟利夫的故事。小时候，瑟利夫的性格像个男孩儿，伙伴们都认为她很另类，不愿意与她玩耍，瑟利夫就找大人玩，大人们都喜欢这个好强的孩子，并且教给她很多为人处世的道理，在这种耳濡目染之下，瑟利夫学会了如何与强者共处，直至她成为国家领导人。叔叔语重心长地说："孩子，如果你立志成为王者，你就要与王者在一起，何必再去在意那些稚燕呢？"

那一晚，他在电视上正好看到诺贝尔奖的颁奖晚会，他失眠了，想起这些年同学对自己的冷淡，又想起叔叔的话，他在心里对自己说："如果你想像一头猛虎一样称雄于森林，你就要与猛虎一起战斗，而不要与稚燕为伍。只有与最强大的人共处，才能成就最强大的自我。"

从那以后，他像换了个人似的，不再和同龄伙伴交流，他把目光投向了学校里的老师。为了弥补知识上的缺陷，大学毕业后，他开始攻读研究生，在研究生期间，他主攻石墨烯材料研究，并发表了相当多高质量的论文。

他的成就引起了很多科研机构的注意，不少单位向他伸出了诱人的橄榄枝，但都被他委婉拒绝了，他说："我得找一个强者为邻。"

后来，他决定到荷兰奈梅亨大学攻读博士学位，指导老师正是享誉全球的科学家安德烈·海姆，并与之一起合作研究，很多人不解，质疑说："以你的能力，完全可以独自研究，何必还去选择一个比你更强大的人为伍呢？难道你不怕他遮盖了你的光辉吗？"他却笑着说："叔叔从小就告诉我，物以类聚、人以群分，和什么样的人在一起，就会有什么样的人生，我注定要成为一只猛虎，所以我要选择与猛虎共居。"

他就是康斯坦丁·诺沃肖洛夫。

经过多年研究，2004年，他们成功制成石墨烯材料。这是目前世界上最薄的材料，仅有一个原子厚。自那时起，石墨烯迅速成为物理学和材料学的热门话题。2010年10月5日，瑞典皇家科学院宣布，将2010年诺贝尔物理学奖授予英国曼彻斯特大学科学家安德烈·海姆和康斯坦丁·诺沃肖洛夫，以表彰他们在石墨烯材料方面的卓越研究。消息传来，曼彻斯特大学校长南希·罗斯韦尔高兴地说："这真是个大快人心的好消息，我一直为他们能否和平共处感到担心，今天看来，我的忧虑是多余的。事实证明，一山也能存二虎。"

是啊，人生就好比探险，在这条路上，选择和谁一起很重要。与弱者同行，不是进入岔道，就是在原地踏步，只有与智者同行、与强者共舞，才能顺利且最快捷地到达终点。

第三辑

你一生能影响几个人

爱是人生旅途上最温暖的奇迹

她是一个无腿妇女，却先后带大了130个孩子。

她本有一个幸福的童年，却在12岁那年，翻捡煤渣时，被疾驰而来的火车碾碎了双腿，家人背着她跑了很多家医院，希望她能恢复正常。

但所有医院的结论都一样，要么保命，要么保腿。最终，她还是做了高位截肢。本来贫寒的家庭因为她的意外而越发捉襟见肘。她烘棉花、绩麻、纺纱，做着这些坐着才能做的活儿贴补家用。后来，村委会决定把她送到福利院。

说实话，那时她是自卑的。第一天被抬进福利院时，她就受到了很多人的嘲笑，说她衣来伸手饭来张口，说她是个多余人。那一刻，她伤心极了，她甚至想到了自杀。"轧成这个样子，人还年轻，这辈子怎么是个完？"她对自己这么说。老院长却找到她说："父母给你生命，你能够存活下来这是你的大幸，生命是不能够轻易放弃的！"

她记住了这话。因为无法装假肢，她开始练习撑着小板凳一步一步挪动学走路。为了避免闲言碎语，她只好选择在夜间训练。摔倒，爬起，又摔倒，再爬起，无数个夜晚过去后，她终于学会了走路。

所有的人都惊住了，为她的执着，也为她的勇气。

那时，她已经在照顾着七八个孩子。每天早上一起来，她就忙开了，给孩子们擦身子、穿衣服、喂饭。寒冬的时候，她用稻草秆绑在凳腿上来

到河边洗衣服、床单，一洗就是两三个小时。每天晚上她还得给孩子们磨米粉，那是孩子们第二天的粮食。

于是，她有了一个"抱鸡婆"的绰号。

为了省钱，她随一个姓唐的医生学医，十年里，她试草药无数。

于是，她又有了一个绰号：草药师傅。

她的名字叫许月华。如今，她的事迹被各大媒体广泛报道，很多人都说她傻，37年来，经她亲手编织的毛衣至少有上千件，足足可以装满一卡车。

那场晚会上，她拒绝了工作人员的搀扶，自己费力地坐上赠送的轮椅。主持人哭着说，这个细节是许妈妈坚强的象征。

在第八届中国金鹰电视艺术节颁奖晚会现场，历届金鹰艺术节最具人气演员奖获得者孙海英激动地说："我尤其要感谢支持着我整个精神一部分的一位女士，湖南湘潭岳塘区许月华。她的事迹深深感动着我，我在这里向她致敬！看了她的事迹以后，我发誓对我的工作要更加认真地去完成。"

她没想到，自己的影响这么大，不仅感染了她的儿女们，还感动着千千万万她所不认识的人。

人们说，这是福利院史上的奇迹。她却说，这是爱的奇迹！

凡生命之苦尽予收容

我是在街道上遇到他的，他正拿着一个麻布袋，利索地从垃圾箱里寻着他所需要的东西。老实说，他的名字我早从报纸上听说过，出于好奇心的驱使，我决定一路尾随。

两个小时后，他走进了废品站，从废品站出来，又转身走进了一条小巷子，进了一所民居。

房子不大，顶多20平方米，里面却摆满了铁床铺，五个孩子正在厨房里紧张地忙碌着。见他回来，大家都兴奋地喊"郑爸爸"，他微笑着和每个孩子拥抱，然后换了件干净的衣服出来。

见我进来，他先是惊讶了一下，然后说："你是不是有孤儿要送来？"他又自嘲地笑，"来我这儿的陌生人，一般都是来送孩子的。"

我跟着笑，和他攀谈起来，他说，他准备出去一趟，去接一个好朋友。

"是你女朋友？"我问。

他点点头："其实都谈妥了，她也愿意过来，只是我觉得还是跟她说清楚，我孩子多，我怕她跟着我受委屈。当然我也知道，也许没有女人愿意跟着我受这个罪，但我从来都没后悔过，我从不觉得那些孩子是负担，我应该保护他们。"

说到最后，他突然剧烈咳嗽起来，有孩子马上端来水和药物，他又擦了擦布鞋，然后快步走了。

看得出，他对这次约会充满了期望，我只好在心底默默祝福他。出来时，远远地，我就听见几个邻居正在小声议论着。一个说："真不知道他是怎么想的，一大把年纪了，为了这些孩子连自己的幸福都肯放弃。"一个说："是啊，这些年，别人介绍的对象起码有十来个了吧，有好几个都愿意过来。可他呢，非得强调，接受他，就得接受那些孩子。你想，哪个女人愿意受这个罪？一说，就把人家吓跑了。唉，也只有他，才会那么执着，那么付出……"

再往前走，我便看见四个孩子，手里提着一袋废品，匆匆走着。我又忍不住回到了他的住处。我说："你们爸爸病得重吗？"

一个孩子低下头说："是的，很重，有时候还吐血。"

　　我的心一紧，我说："那他为什么不去看医生呢？"我看了看房间，里面贴满了明星海报和各种励志格言，要不是在报纸上看过他的新闻，丝毫想不出，这里竟然是个流浪儿之家。

　　孩子们都低着头，沉默良久，一个孩子说："我们也劝过他，但他说，只是小毛病，吃点药就没事了。"

　　"大概多久了？"我继续问。

　　孩子们平静地说："都两年了。我们都知道他是牵挂我们，怕住院后，就没有人来照顾我们。其实，我们已经长大了，我们已经懂得照顾自己。"

　　"所以，你们每天都捡废品，赚点钱，希望能让他早点去医院？"

　　孩子们点点头，一个孩子摊开长满厚茧的双手说："其实，这两年来，我们什么都做过，卖过报纸，做过砖工，也进过工厂。我们都知道郑爸爸是个好人，所以，大家都希望他能一生平安。"

　　我不禁为这些孩子深深动容。临走时，我掏出一些钱放在桌上，任凭好说歹说，孩子们都不肯收，他们说："从小，郑爸爸就告诉我们，做人一定要有骨气。"

　　我只好说："就当是借吧，等你们长大了，还得还。"

　　孩子们送我出门，一个孩子说："叔叔，你也是个好人，你还会来看我们吗？"

　　"当然要来。"我说，"下次我给你们带点书来，这样，你们的业余生活就会丰富一点。"

　　再次见到他，是在三个月后，他的三轮车上载着个孩子。

　　"真是个苦命的孩子。"他说，"没了父亲，母亲又离家出走了，一个人孤苦伶仃地在街头流浪，我就把他接回来了。可是我能帮的就这么多，他的人生路还得靠他自己去走。"

　　我叹了口气。

　　男人又说："我也知道这种收养是不合法的，所以每次把孩子带回家后，我都想方设法去寻找他们的亲人，送他们回去，只有无家可归的才留在身边。"

"所以，这些年，你宁肯自己单身，为的就是这些孩子吗？"

"是的。我答应过自己，只要还有一口气在，就不会让一个流浪的孩子在街头露宿，哪怕我打一辈子光棍。"

道别的时候，我忍不住深情地和男人拥抱，为他，也为那些孩子。

后来，便听到了他病逝的消息。

他叫郑承镇，山东省济南市天桥区北坦社区的居民。23年间他收养了400多名流浪儿童，被人尊称为"流浪儿之父"。

"凡生命之苦尽予收容。"这是他和我说的最后一句话，我知道，这句话是我所听过的世上最动情的话语。

示弱的智慧

老鼠和臭鼠是一对朋友，他们相约一起出去捕食，经过了一阵寻觅之后，终于寻到了一个虫窝，臭鼠立即兴奋地跑上去，准备开餐。老鼠却不以为然，他拍着臭鼠的肩膀说："你怎么可以吃这些东西呢？也太没志气了吧！"

臭鼠说："那我应该吃什么呢？"

老鼠说："跟我走，吃香的、喝辣的去。"老鼠带着臭鼠爬进了一个猎户的家，悄悄地吃完了农户留在桌子上的肉。

老鼠吃得饱饱的才回来，他得意地对臭鼠说："你看，听我的还是不错吧？"

臭鼠低着头不说话。

第二天，老鼠又约臭鼠出去捕食，臭鼠摇着头说："我胆子小，我不去了，有那个虫窝，我已经心满意足了。"老鼠叫道："怎么能这么胆小呢？我跟你说，要做，就做强者，你又不是没那个本事。"

老鼠只好一个人去了，片刻后，他垂头丧气地回来了，一边走一边说："真是大抠门了，连几片肉都舍不得。"

但是老鼠不甘心，他决定去狮子家偷肉吃。臭鼠劝他，他笑着说："怕什么呢，我跑得快，又能爬墙，狮子能奈我何？"

接下来的日子里，老鼠每一天都吃得油光满面地回来，他几乎把所有食肉动物家都光顾到了，但没有动物能奈何他。

老鼠的风光无限，让其他小动物既羡慕又嫉妒。在他的影响下，不少其他地方的老鼠也纷纷跑过来，加入到捕食大军中。

有一段时间，这支老鼠大军，昼伏夜行，让很多食肉动物都为之咬牙切齿，他也当之无愧地坐上了鼠王的位置。

但一群狐狸的到来，迅速改变了这种现状，他的子民，死的死，跑的跑。为了逃避狐狸的捕杀，他只好逃到山洞里，但过惯了大鱼大肉的日子，受不了吃稻谷的困境生活，于是他把目光瞄准了三只蛇蛋，却没想到，那其实是一条蟒蛇故意设下的陷阱。

在被吞入蟒蛇喉咙的一瞬间，他才明白，做强者，固然风光无限，但示弱，则可以安身立命。这份要强和示弱，同等重要。

善 良

在一座大山里，住着一群蜜蜂和一户居民。蜜蜂每天都出去辛勤地采蜜，然后让农户拿去卖钱，当然农户也给蜜蜂做了一个舒适温暖的家，双方和平共处，相安无事。但一只蚊子的到来，打破了这种宁静。那是蜜蜂们外出时发现的，一只奄奄一息的蚊子在地上躺着，费了九牛二虎之力，蜜蜂们才把饿晕的蚊子背回家。

悉心调养后，蚊子慢慢恢复了活力。但是蜜蜂们很快发现，不少兄妹醒来身上都有个小包，大家以为这是劳累所致，也没多加注意。

有一天，蚊子说："我在这儿没什么朋友，实在孤单，你们能不能给我介绍几个？"在蜜蜂的引荐下，蚊子很快和牛和鹿成了好朋友，每天晚上，蚊子都会找它们玩，然后吃得饱饱的回来。蚊子很快就发福了，但它仍然不满足，希望有更多的朋友，从而得到更多的美食。

于是有一天，当大家谈及人类的善良，蚊子便插话说："和人类做朋友真那么容易吗？可是我听别人说人类是难以沟通的。"

"那得看你有没有诚意，真诚待人，别人自然真诚待你。"一只蜜蜂说。

"那好，我也想和人类做朋友，我希望我的朋友越多越好。"蚊子兴高采烈地说。

在蜜蜂的引荐下，蚊子很快和农户成了好朋友。蚊子每天晚上都会去

找农户聊天，农户似乎也非常喜欢它。一天晚上，也许太过疲劳，农户没聊多久就在椅子上睡着了。蚊子打了个哈欠，飞到农户的手臂上，见农户没有任何反应，它竖起自己坚硬的吸管，轻轻地刺了进去。却不想，农户突然睁开双眼，一把就抓住了它。

蚊子惊讶地说："我是你朋友，你为什么要抓我？"农户笑道："你没资格做我朋友，因为朋友是不会利用和陷害别人的。"紧接着传来一阵嗡嗡的声音，躲在暗处的蜜蜂们都飞了出来。农户指着蚊子通红的吸管说："我早就知道蚊子不是个好东西，它只是在利用你们的善良，一次又一次，它交朋友的目的，只是让每一个朋友在失去警惕时，成为它的嘴下美食。"

农户捏碎了蚊子的头颅，蚊子一命呜呼。

其实，生活中有许多这样的"蚊子"，他们喜欢利用别人的善良，去交所谓的新朋友，然后在新朋友放松警惕时，达到自己不可告人的目的。只是这种善良，是有底线的，一旦循环利用，其结果往往是危险的，甚至，是致命的。

倒空自己的水杯

小张是我的好友，学历不高，口才也一般，然而就是这么一个条件一般的人，却毫无悬念地竞聘上了一家外资公司的设计部经理。

很多人都惊讶，甚至怀疑他是靠走后门进入这家公司的。面对流言蜚语，小张不置可否地笑笑。

　　但是老总对他很器重，公司里所有的重大事务都交给他处理，让我甚为惊讶的是，每次他召开部门会议，从来都不搞一言堂，他总是让自己的下属唱主角，自己耐心地做着笔记，下属说到动情处时，他还不失时宜地补充几句，气氛和谐而热烈。

　　但不可否认的是，他的下属们干劲很足，做事效率极高，公司交给的任务，总能超额完成。年终评先，他的部门当仁不让地成为全公司最优秀的部门。

　　一年后，他荣升为部门总监，而他的几个下属也都担任了重要职位。公司庆祝宴上，大家纷纷庆祝，也有人直言不讳地问老总："他到底有什么魅力，能让自己的属下一个个脱颖而出？"

　　老总笑了："你知道他以前的经历吗？"

　　大家都摇头。

　　老总慢悠悠地说："一个连大学校门都没进的男孩子，在深圳，只奋斗了三年，就爬到了经理的位置，他带领的团队又连续五年拿到先进，你说这样的人算不算是人才？要不是他回家乡发展，我还找不到这样的人才呢！你们不要以为他真不懂，他只是把自己当成了学生，好让自己的团队成员唱主角，然后集团队之智慧，做出最好的作品。"

　　老总的话顿时让大家豁然开朗。

　　后来，在几次公司会议上，老总多次说起这个事情，并且说："作为公司，我们不仅需要人才，更需要能发现人才、能把团队凝成一个拳头说话的人才。这就是我为什么要重用小张的原因，大家请记住，把自己的水杯倒空，你才能得到更多的水。"

　　原来，倒空自己的水杯，让自己变得低调而从容，才是小张战无不胜的法宝啊！

有梦想就能成功

郭春香，湖南桑植县人。从小，她就很有动手天赋，经常能做出一些小巧的玩意儿拿到镇上去卖钱。初三那年，因为父亲出了车祸，学费一下子没了着落，原本就不喜欢读书的郭春香便退学了。

2008年9月，郭春香来到深圳。几经周转后，终于在宝安区的一家珠宝公司找了份文员工作。

2008年11月，一位女同事拉着她去做心理咨询，赶到门诊，排了两个小时队，只面谈了半个小时，就收费700元。同事告诉她，像这样的心理咨询都要预约，而且拖的时间久，费用又高。

回寝室的路上，郭春香边走边琢磨着这事。接下来的一周时间里，郭春香利用休息时间做了大量的市场考察。她相中了一家正想转让的饭店。这个地方，距离市中心不远，人潮密集，正合适。

经过一番讨价还价，郭春香最终以每月2800元的价钱租下了那个饭店。为了节省费用，郭春香干脆辞职，自己搞起了装修。她将上下两层的饭店，分成了三格，办起了她的"微笑吧"。楼下分为"倾诉格""消遣格"，倾诉格有专门的工作人员与之交流，消遣格则可以点上自己钟情的饮料或者点心，彻底放松心灵。楼上为"影视格"，影视格里配备了一台40英寸大彩电，和一些心理健康专家的专题片。

　　为了开张后的生意一炮打响，郭春香聘请了几个大学生，到处发传单，还打出了响亮的宣传语——"放松心灵，美在身边。"她还招聘了三名有丰富心理咨询经验的大学生。

　　这一招果然有效，吸引了不少都市白领。这些人离开时，都对郭春香的"微笑吧"赞不绝口。

　　生意好了，人也就更加忙碌。但每天郭春香都过得充实而新鲜，因为年轻，郭春香店内的员工们也都有着初生牛犊的闯劲。很快，就有老板找上门来，希望能在"微笑吧"聚会。聪明的郭春香立刻捕捉到了其中的商机，她将邻家即将到期的店铺也买了下来，简单装修后，再配上温暖活泼、明快的黄色，这样一来，"微笑吧"一次就能达到接待50人次的规模。另一方面，郭春香也建立了顾客档案，并及时追踪，每个季度她都将顾客的信息仔细进行清理，好总结经验，提高自己的服务。她还选择在元旦、除夕、端午等中国传统节日时，给顾客送去温暖的祝福，一个邮件、一条短信或者一个电话。

　　这些温馨的举措收到了很好的效果，给郭春香带来了大批忠实的顾客。

　　郭春香还把一面墙做成了"心声墙"，每个前来"微笑吧"的顾客都可以在心声墙上书写自己的感受。

　　生意做得风生水起的郭春香并不是坐等顾客的到来。2010年2月，郭春香联系厂家，赶制了一批心理健康、阳光心态知识宣传图册，低价卖给顾客。因为内容充实，且图文并茂，一问世，就受到了顾客的喜爱。

　　3月底，一位顾客找到郭春香说："你的'微笑吧'创意的确不错，我每个周末都要来坐坐，但是我总觉得少了些什么，不太完美。"顾客的话让郭春香顿时茅塞打开。现在都市人的压力这么大，大家来"微笑吧"的目的就是想让心灵放个假。而且，根据顾客档案来看，来这里的大都是回头客，成了一种持久的消费。如果能提升"微笑吧"的品位和档次，那不是更能让顾客把这里当成他们的第二个家吗？

郭春香是一个想到做到的人，她马上去电器商场订购了一套音响设备，又与花卉租赁公司签下合同，每天都让他们送来紫罗兰、百合、茉莉等十多种赏心悦目的时令鲜花，摆在大门和每个桌位上。

随着郭春香的不断努力，她的"微笑吧"每天都在演绎精彩，每天都在快乐地成长。如今，她已经在深圳开了第二家分店，职员达到了12名，她也从一个曾为生计奔波劳累的蓝领变成了让人羡慕的"时尚创业达人"。

郭春香成功了，她的成功告诉我们，将想象力经营到极致，同样能变成生产力。这个世界上，谁不会微笑？可是谁有郭春香那样的想象力，能把微笑也包装成产业？因此，一个人要成功，绝对与你本身的学历、出身无关，只在于敢不敢去创造、去拼搏。对于成功，没有做不到，只有想不到。

我们不是一群鲁莽的狼

安如意从桌子上慢慢站起来，望着老总刚送来的一株还魂草，上面还有一张纸条："这是我欠你的。"安如意笑了。

一

那是一年前的事了。安如意毕业于成都一家专科学校，虽然文凭不高，但是面对即将到来的中国百强企业的招聘会，她显得颇有信心。

安如意看中的是一家瓷器公司的分公司经理职位。招聘会那天，她不慌不忙地把简历送了上去，接简历的是个戴墨镜的年轻人，他问："什么学历？""专科。"年轻人头也不抬地说："对不起，我们不需要专科生。"安如意却底气十足地说："不面试，怎么知道我不行？请你先看了简历再做判断。"

年轻人有点惊讶地看了她一眼，目光停留在她的简历上。过了几分钟，他转过身，拨打了一个电话，然后说："总经理在植物园等你。"安如意走过去的时候，年轻人摘下了墨镜，安如意看到了一张俊美的脸。

植物园，一个老头儿和几个西装打扮的年轻人闲逛着。安如意知道那就是自己要找的正主，还没走到旁边，老头儿的目光便如箭射过来，老头儿说："你很优秀，头上也有很多光环，但商场如同战场，虽说冲锋陷阵很重要，但更多时候，拼的是智慧和耐性，你可有准备？"安如意说："那我就做小草，只要有丁点儿水，我就能活下来，直到一步步地蚕食整个地面。"老头儿会意地笑了。

安如意知道她赢了，并不是因为锋芒毕露，而是因为她的韬光养晦。

二

安如意第一天上班，是老总亲自在门口接的。一个月后，老总又亲自把她送上了到长沙的飞机，老总说："现在你的任务就是去湖南开家分公司，然后逐步打开市场，你身上的担子不轻，之前我们曾几次想打入湖南市场，但都功败垂成。湖南本地的瓷器品种太多，排外意识也很强，你要能忍，像还魂草一样不言放弃，置之死地而后生。"

"还魂草！"安如意笑了，"我听说过这种草，它长在陡峭的崖壁上，枯水时，会缩成一团，一旦空气湿度增加，便会变身为一株绿色小树，亭亭玉立。"

安如意下了飞机后，马上开始了分公司的选址工作，在经过大量的实地考察后，她将分公司地址选在了火车站的附近。安如意的这个做法立刻引来了总公司的种种猜忌。但安如意有自己的想法，因为是郊区，地价相对便宜，可以为公司节省不少投资成本，再加上靠近火车站，运输起来也相当方便。

三个月后，分公司生产出了第一批瓷器。安如意又做了大量的市场调查，她将目光对准了正在建设的几栋居民小区，亲自带着样品上门谈判。靠着瓷器的高品质和卓越的谈判技巧，安如意拿下了价值100万元的订单。

消息传到总公司，老总说："如意，你真是上天派来帮助我的，好好干，前途无量啊。"

三

分公司的业务越做越大，安如意开始不断地招聘人手。老总便说："这样吧，我派一个助手来帮助你，叫陈宁，是个海归派，很有商业头脑。"安如意说："我觉得目前的局面我还能把持，再说了，一个公司里面只能有一个头儿，多一个人拿主意，只会降低公司的执行力。"老总却说："我是让他跟你学的。如果能把他也变成一株草，你就成功了。"

安如意的心里咯噔了一下，她想："如果有了新的后备力量，一株草便很轻易被另一株草代替，等那个时候，自己便真是欲哭无泪了。"

想到这儿，安如意便留了一手。有次，长沙有个大型的瓷器展览会，在派什么品牌参展时，两人发生了争执。陈宁执着地认为要派高档产品参展，安如意说："中国不是美国，消费水平还没那么高。再说，分公司才刚刚起步，靠什么去占领市场？靠的便是物美价廉和品质保障。"

两人的意见闹到了总公司，陈宁靠着他从海外带来的崭新理论，说服了总公司的领导，采纳了他的方案。但实际效果并不好。自觉脸面无光的陈宁便辞职了，安如意并没有过多挽留。

老总来分公司视察的时候，提及这事，老总说："走了？你没把狼变成草？你是怕他抢了你的位置？"安如意的脸一下子红了，沉默了一会儿，老总说，"你要记住：在职场上心大，才可以做大事，要想有深远的发展，就必须有一颗容量巨大的心。"安如意点点头。老总又说，"这头狼迟早还会回来的，等跟你混出名堂了，我就派他到其他省市发展，所以只好先委屈你一下。"

四

不久后一场金融危机席卷全球，安如意尽管早就预料到了，并减少了一条生产线，但随着房价的大肆下滑，许多房地产公司都停止了新项目的建设，整个瓷器行业都遭到了重创。工厂生产的瓷器，三分之二留在了仓库。怎么办？

那一刻，安如意连死的心思都有了，但她不能那么做，还有几十个员工在等着她吃饭呢。用老总的话说："你活着，不仅仅是为了自己。你要对员工负责，对企业负责。"

春天刚刚过去的时候，安如意的机会来了，有家企业想收购安如意的工厂，安如意毫不犹豫地答应了，她用这笔钱付清了工人的工资，然后就交给了老总，以帮助总公司渡过难关。

在做完这些后，安如意提交了辞职书，她说："是我的无能，没能让公司起死回生。"老总没有批准，反而带她去了一趟河北。安如意亲眼见到了岩壁上干枯蜷缩的还魂草。老总摘了两片，把其中一片用手一搓，化成了粉末，把另外一片放在了准备好的水盆里，干枯的草团慢慢伸展，绿色随之蔓延开来，还魂草竟奇迹般的复活了。

老总说："现在你遇到的处境便和还魂草一般，你所要做的就是等待时机。"安如意点点头说："我明白了，身陷绝境而不绝望，形神枯槁也不言放弃，这就是草和狼的最大区别。"

五

尽管总公司的业务也一筹莫展，但老总还是从牙缝里挤出来100万元。安如意和她的团队再次回到了湖南。安如意把一个地级城市作为她的新根据地，她对员工说："做业务，不要只看塔尖，二、三线市场比一线的更大。"

老总说对了，逃跑的狼又回来了，陈宁说："我是来给你打下手的，学习如何变成一株草。"安如意笑了。安如意让他带着创业团队走进城镇居民中，做了一次实地考察。陈宁回来的第一句话便是："金融危机的破坏力虽然很大，但城镇的购买力依然很旺盛，只要采取合宜的政策，我们完全可以起死回生。"

于是，在别人认为利润稀薄的中小城市甚至乡镇市场，一支有着超强执行力的营销团队就这样建立起来了。安如意的创意得到了总公司的采纳，并且这种模式在其他分公司很快得以推广。

暑假过去的时候，安如意的公司已在这座城市建立了绝对的市场地位。庆功宴上，各分公司经理纷纷向安如意敬酒，称赞她农村包围城市的策略如何了得。安如意却指着陈宁说："要说功臣，非陈宁莫属。"然后又说了还魂草的故事，安如意最后说，"我们并不是两只鲁莽的狼，而是一群执着的还魂草！"

你一生能影响几个人

大学毕业那年，看着班上很多同学都找到了如意的工作，我心里也急了起来。拿着厚厚的一叠简历，我和一个室友一起来到了深圳，辗转于各大招聘会，却每次都是乘兴而至，败兴而归。一周下来，钱花了不少，一份满意的工作也没找到，应聘官不是嫌我们专业不好，就是说没有工作经验。

我只好郁郁不乐地回到学校。父亲打来电话说："要是找不到合适的，就回来吧，家里暂时还是能养活你的。"

在学校里住了两个月后，仍然是一无所获，只好回到老家。我的父母都是老实的普通职工，不认识多少人，所以，也无法给我实质性的帮助。一切，还得靠我自己。

在家休整一周后，我决定继续开始找工作。

吸取了以前的经验，我做了几份翔实的简历，又把自己发表的一些习作附在后面。有一个周末，去白石公园玩，正好遇上一场大型招聘会，其中有一个公司的职位，是我非常喜欢的，我立即打通父亲的电话，让他帮我把简历送过来。

让我感到意外的是，等父亲到来的时候，应聘的那个人盯着父亲看了几眼，然后问："你是王师傅吧？"父亲也诧异地点点头。接着，对方把手头的工作交给其他人，拉着父亲天南地北地聊了起来。

回来的路上，我忍不住埋怨起来："有熟人怎么也不告诉我啊？这样找工作就可以事半功倍了。"但父亲仍是摇摇头说："我真不认识他，也不知道他是怎么认识我的，你想想，我这辈子都没出过远门，又怎么会认识什么厦门老板呢？"

虽然，在最后的面试中被淘汰了，但我执着地认为，父亲一定有不少熟悉的人，他肯定能帮我的。这样想，我对自己的前途立刻充满了信心。

果不出我所料。在面试一家国企的时候，负责招聘的老总盯着我简历上的一张全家照看，然后有些兴奋地说："你父亲是在电机厂工作的吧？"我点点头说："您认识我父亲？"老总感慨地说："怎么会不认识呢？要不是你父亲，我妻子也许就不在这个人世了，这个世界真是太小了，想不到在这里能遇到他儿子。"老总又说，"请你转告你父亲，这个周末，我将带着我的家人上门拜谢他。"

回到家后，我立刻美滋滋地把这一消息告诉父亲，却不想，父亲仍是摇头说："我真不认识这样的有钱人。"我有些恼火地说："爸，你还装什么啊？人家都说要上门拜访了。"

周末，老总带着妻子和十岁的孩子如期而至。在漫长的交谈中，我才了解事情的真相。原来，善良的父亲一直都乐于助人，只要是周末，公园里、街道上、火车站，到处都能看到他忙碌的影子。发生冰冻灾害的那年，父亲更是倾其所有，带着母亲每天都去高速公路上给人送饭、送棉被。他还在家里放了十多张床，专门给那些老弱病残的人住。老总的妻子便是其中一个。后来老总的妻子病了，很严重，要不是父亲及时送医院，就有性命危险。

老总出来的时候，握着我的手说："虎父无犬子。有这么一个充满爱心、责任心的父亲，我相信你也非常出色。"

最终，我顺利成了老总公司的一名员工。在工作中，我勤勤恳恳；在业余时间，我尽量地去帮助那些需要帮助的人，就像到处受人尊重的父亲一样。

曾经有一名哲学家说，这个世界上每两个陌生人之间，就可以通过六个人联系起来。那么，朋友们，你打算用你的爱心、你的责任心去影响几个人呢？一个个影响下去，也许，你就能让这个世界上更花团锦簇，和睦相亲。

姐卖的不是拉面，是智慧

和许多同龄人一样，因为家庭贫困，段雅丽初二没读完，就无奈地退学了。辍学后，段雅丽来到兰州，先后做过酒店服务员、超市收银员，也开过小精品店，但由于经营理念不到位，生意惨淡。

2007年10月，段雅丽和几个朋友一起来到了法国巴黎。经过仔细考察，段雅丽发现，在巴黎还没有地道的面条，她的眼睛一亮，这不正是自己将兰州拉面推销出去的大好机会吗？经过几个月的筹备，段雅丽的拉面

馆在巴黎9区Faubourg Montmartre街正式开张了。这个地方，是她和朋友反复考察后定下来的，靠近地铁站，客流量大，租金也便宜。段雅丽给新店取了个雷人的名字：活着的面条。

活着的面条开张的消息，不胫而走。开业仅两天，小店里已经人满为患。为了确保拉面的正宗，段雅丽请的都是国内专业的拉面师傅，筋道而不生硬；牛骨汤是按规矩熬的，所以极清。现场看拉面，这也成了客人们来吃饭必赏的一道风景。有人就专门计算过，从揉成团，再搓成条，熟练地对折、拉长，反复6次，就是2的6次方，一碗面有64根，约64米。

拉面店刚开张时，店里面还保留着刀叉，好方便外国顾客。一次，一位来巴黎购物的中国小伙儿提出建议：既然是打中国牌，提倡正宗，何不把刀叉也取消，岂不更原汁原味？

小伙子的建议，得到了段雅丽的采纳，段雅丽让员工收走了所有的刀叉。一开始，有的巴黎老外不太习惯，怨声载道，埃尔·拉法兰就是其中一个。埃尔·拉法兰在附近一家银行上班，因为离得近，他基本上都是在这里吃的中餐和晚餐，但自从没了刀叉后，望着眼前的筷子，埃尔·拉法兰表现得一筹莫展。

无奈之下，埃尔·拉法兰只得在员工的指导下，学习使用筷子。段雅丽原以为这个老外，来了这次，就不会来第二次了，没想到晚上他又过来了，还带来了十多个同事。有意思的是，这群外国人还搞起了比赛，看谁吃得快，其中有一个开始还比较斯文，段雅丽就让懂法文的员工告诉他，只管大胆吃，发出声音来，没人会笑话的。结果那个老外竟拿了冠军。作为奖励，段雅丽给了他五张一周的免费票。很多员工对此不理解，段雅丽笑着说："做生意，不就图的老顾客吗？今天给他优惠了，明天他就会带更多的人过来。"

也正是这种做生意的诚信，让段雅丽有了大批的回头客。就这样，来段雅丽店里的外国顾客越来越多，甚至许多外国餐厅的老板也过来尝鲜。

因为来的人太多，地方太小，段雅丽只好在店里打出招牌：禁止使用笔记本，吃面不能超过一个小时。打出这样雷人的标语，结果反而引来了更多的顾客，一拨刚走，另一拨马上就占了位置。

段雅丽并没有因为生意的火爆，而偷工减料，相反段雅丽比以前更注重品牌形象，不仅严把质量关，而且所有的材料都坚持从兰州进，确保拉面的正宗。就拿辣椒来说吧，尽管比法国本地的辣椒只香一点点，但对于正宗来说却是不可忽视的一大截。

一年后，段雅丽用手中的积蓄，在巴黎开了第二家分店，接着，第二家、第三家……短短两年时间里，段雅丽已经开了四家连锁分店。除了在质量上继续保证正宗原创外，段雅丽还根据顾客的意见，在冬季以汤面为主，夏季则推出各式凉面。

在两年多的生活中，段雅丽也学会了一些简单的法语，交到了很多友善的老外朋友，许多老外提起段雅丽，都赞不绝口地说："这个中国女人，人好，心地也善良，很不错。"

如今，段雅丽的拉面馆已经拥有员工50来名，她也不再是几年前那个创业到处碰壁的小丫头，而是收入达到千万、名震巴黎的拉面皇后了。发财致富的段雅丽并没有忘记家乡人民，2010年云南旱灾，她一次就捐了50万欧元。

当问到成功秘诀时，段雅丽笑了："哪有什么秘诀？其实只要用心，将正宗两字做好，每一个行业都能干出一番事业来。"

成功，就是抓住一次属于你的机遇

2008年，湖南女孩张燕大学毕业后，抱着去沿海闯荡的念头，踏上了去深圳的火车。半个月折腾下来，她都没有找到让自己称心如意的工作，为了生存，她只得放低要求，最终在一家房地产公司站稳了脚跟，过上了朝九晚五的日子。虽然收入也不错，但面临的压力实在太大，稍有不慎，便被领导批得体无完肤。

不久后，一个高中同学从广州赶来，参加一个俱乐部组织的相亲大会，光门票就交了5000元。听了张燕倾诉工作后的苦恼，同学笑道："其实，你也可以组织一个相亲大会，自己创业多好？"

同学的调侃，却点亮了张燕的灵感：如今，高节奏的生活所带来的压力，早就让很多年轻人忙于奔波，失去了寻找另一半的激情，虽然有各种形式的相亲会，但一则门票太贵，二则真正交流的时间也很少。如果能提供一个平台，把志同道合的人聚在一起，既能找到自己心仪的另一半，又能修身养性、陶冶情操，不就是件一举两得的好事吗？

张燕把自己开店的想法和室友一说，立刻得到了他们的赞成。经过一番讨论后，三人一拍即合，决定辞职成立一家恋爱宠物营。

张燕将同事老家的房子简单装修了一下，在院子里安了几排凳子，铺上了草坪，焊接了一些专用的宠物笼子。又在火车站附近租下了一个8平方米的门面，置办了一些基本办公设备后，挂出了"恋爱宠物营"的招牌。

为了扩大宣传效果，张燕印制了一批广告宣传单，到火车站、电影院、超市、居民小区的宣传栏去张贴。经常上网的刘倩还在很多城市论坛上发帖。

消息发出后不久，店里的电话，是一个接着一个。有征询有没有宠物卖的，但更多的是问相亲大会什么时候召开。

见到大家这么期待，张燕和她的伙伴们开始紧锣密鼓地筹划起来。经过几番商议，"恋爱宠物营"第一次相亲party，选择在6月的第一个周末，因为报名的人数太多，张燕最终选择了20人参加。然后通过电话，一一通知集中的时间和地点。

让张艳想不到的是，活动结束的第二天，前来咨询下一次相亲party召开时间的、怎么购买宠物的人是络绎不绝。对此，张燕特意请人编写了一本宠物购买及饲养指南，免费发放给前来咨询的客户。

初次创业，就这么顺利，张燕和室友们一商量，决定进一步扩大战果。

一日，一个叫小乐的姑娘走进了张燕的办公室。小乐在一家外企做人事工作，平常工作很忙，寂寞时就与宠物为伴，由于换了岗位，到分公司当经理，就更忙了，根本无暇照顾她的宠物。小乐说："我找了很多家宠物托养所，不是条件太简陋，就是噪声太多。听说你们办的'恋爱宠物营'很有特色，你们能拓展托养业务吗？只要能照顾好我的纯种德国狗，酬劳方面好商量。"张燕一听，乐了，这不就是自己事业拓展的机会吗？

不久后，张燕添置了一些漂亮的笼舍，购买了一些宠物的专用沐浴露、美容用具和一台立体空调，又重金聘请了一名宠物医生。针对不同宠物的生活习惯，她们采取不同的护理方案，比如有的宠物每天要散步，就安排员工按时带它出去溜达；比如有的宠物喜欢玩球，就扔给它几个皮球……

有一次，一个顾客前来托养宠物时，不无担心地说："你们口口声声说，护理方案周全，可是我也看不到，叫我如何放心呢？"

　　顾客的担心不是没有道理，如何才能赢得大家的完全信任呢？张燕和两位搭档开始集思广益。有一天，张燕去上网时，突然灵机一动，现在网络这么发达，为什么不建一个网站，让顾客们随时都能了解到自己宠物的情况呢？

　　说干就干，在几个计算机专业的同学的帮助下，一个加密网站很快就建起来了。这个网站的好处是，用户登录后，就能在自己的宠物页面看到宠物每天的生活和护理情况。

　　除此之外，张燕又在提高服务质量上下了一些功夫，比如她把宠物喂养和护理进行了流水化管理，有专门负责喂食的，有专门负责美容的，有专门负责摄像的，有专门做健康检查的，还有专门负责和顾客沟通、征求顾客意见的，这个点子被运用到实际操作中后，其效果立竿见影。

　　2009年底，张燕粗粗计算一下他们的经营收入情况。这一年，他们总共有4名员工，累计实现营业收入38万，减去房租、材料等必需成本，他们赚了将近30万元。

　　如今，张燕已经在广州开了自己的第一家连锁店，不过，更让她开心的是，通过相亲party大会，她也成功找到了自己的真爱。

　　对于下一步的计划，张燕早就想好了，就是进一步扩大相亲的范围，除了继续做好相亲party大会外，她会把触觉伸向"宠物相亲"上，最终形成宠物托养、宠物相亲、主人相亲的一条龙服务。

　　当被问及创业成功的秘诀何在时，张燕这样说道："人生中总有很多偶然，每次偶然都是一次机遇，只要抓住其中一次机会，坚持不懈，就足以改变自己的命运。"

把时尚做成财富

25岁的曾荃英是个活泼开朗，喜欢追求时尚的女孩。从湖南师范大学毕业后，她来到了广州，凭着出色的表现，很快加入了一家外资公司，做业务销售。工作之余，曾荃英最大的爱好，就是和天文爱好者相互切磋。

转眼，到了情人节，曾荃英去同在广州的姐姐曾莫英那里玩耍，正好遇到了姐姐的同事钟志龙。两人一见钟情，很快陷入了热恋之中。

有爱的日子，时间总会流逝得很快。7月22日，即将迎来日全食，这可是500年难遇一次的机会。曾荃英和她的天文发烧友们，都在为之疯狂，她们约好一起在长沙集合，然后奔赴成都。

不久后，曾荃英向公司请假。但被拒绝了，曾荃英是又急又气，经过一夜思考，她决定辞职，和男友钟志龙一起踏上了T14次列车。来到长沙后，她却病了，在床上躺了整整一周。从医院出来，曾荃英依然愁眉苦脸。男友钟志龙若有所思地说："这样来回奔波也不是办法，为什么不弄一个俱乐部，足不出门就观看到各地的天文奇观呢……"曾荃英先是愣了一下，继而一拍大腿："对，就这么干。"

曾荃英打听到，在国内，北京和上海有两家天文馆。很快，她同男友来到了上海，一到上海，就扎进了天文馆。一个月后，曾荃英用男友家里

资助的5万元，在广州火车站附近的一条巷子里开了自己第一家天文俱乐部。

广州开了家民间天文俱乐部的消息迅速传播开来，第一天开业，小店里就人满为患。因为消费不贵，又时髦，许多年轻人喜欢在下班后或者周末，前来转转。考虑到南方很多人都没有看到完整的日全食过程，曾荃英动用了朋友的力量，她将朋友们传来的影像资料，找了家专业摄像馆，进行剪辑和整理，制作了一个完整的日全食视频，又在门口贴了一张全年天文观测指南。

随着生意的火爆，顾客的来源更广泛了，既有上至80岁的老人，也有小到3岁的孩子，曾荃英特意准备了一本意见簿，悬挂在交流室的墙壁上，很快就有建议：能不能制作一些科普性的宣传小册子，给孩子阅读？顾客的建议引起了曾荃英的注意，她联系厂家，赶制了一批天文科普知识图册，低价卖给顾客。因为图册内容充实，且图文并茂，一问世，就受到了顾客的喜爱。很多家庭主妇，带着儿子来参观，离开仍不忘记带一本。有个中年妇女反映，自从孩子来了一次后，天天缠着母亲教她学图册上的文字，还信心百倍地表示，要好好读书，将来当一名科学家。

一本小小的读物，能起到这么好的激励作用，曾荃英自然非常高兴。短短三个月，曾荃英的账户里就有了15万元存款，去掉投资的5万，净赚10万。

曾荃英的父母听到女儿在广州开了家店，生意很火爆，也耐不住好奇，在曾莫英的陪同下，兴致勃勃地参观了一天。当看到晚上10点后，店里依然是人流如潮时，他不得不佩服女儿的经商头脑。看到父亲也认同了自己的事业，曾荃英不由感慨，这个天文俱乐部，开对了。

曾荃英此时已经不满足于仅靠参观和展览来积累财富了。在经过一段时间的深思熟虑后，荃英创意工作室成立了，工作室专门以设计各种各样的天文产品为主。比如"狮子座双星兔",小巧玲珑的情侣兔子上缀满流星雨的图案令人爱不释手;"追日太阳帽"就是以2010年1月15日的日环食为背景图案,既时尚,又实用;粉红色的"双月映日"抱枕,由于采用高质量棉絮制作,让人抱着它睡觉,既前卫,又耐用……上百种与天文奇观有关的天文产品一下就迷住了所有进店的顾客,有顾客为了收齐2009年一整套天文产品,甚至还不惜向其他顾客高价购买。

对于2010年的日环食景观,曾荃英很早就拿出了自己的计划,她决心利用这次千载难逢的机会,组织一次大理追日行动,以弥补去年的遗憾,为了提高人气,活动还设置了三个奖项,最高奖项是一架价值万元的天文望远镜。曾荃英的追日计划一公布,立刻受到了天文迷的追捧,短短一周内,报名人数就达到了1000人。曾荃英最终挑选了50人组团去大理茶马古道开展科普旅游及观测活动。为了让其他天文爱好者能够欣赏到这一天象奇观,所有的视频资料同时传到俱乐部的电脑上,进行同步直播。

随着曾荃英的不断努力,她的俱乐部每天都是精彩不断,每天都在快乐地成长。如今,她的俱乐部已经拥有员工10名,所创造的纯利润达到40万元。曾荃英兴奋地对男友说:"没想到,我这个比男孩子还野的女孩子竟然也能把天文爱好转变成生产力,而且竟然越做越大,我相信有一天,我的俱乐部能开遍中国的每一个城市,天文迷也将遍布大江南北。"

曾荃英的成功告诉我们,时尚文化中也蕴含着巨大商机。如今,人们的生活越来越富裕,在经济宽裕后,人们更多的是追求精神上的享受,而曾荃英正是利用2009年这一天文奇观年为契机,巧妙地推出了天文俱乐部,恰好满足了都市人好奇的心态,再加上头脑灵活、服务热情、讲究诚信,因而她的成功也就是必然的了。如果谁能从时尚文化中像曾荃英这样找到具有普遍意义的新商机,同样也能改变自己的命运。

雷公花的哲学

在我上班的附近有个公园，里面有一种花，这种花有个特性，平常年头它长得枝粗叶大，可就是不开花，不管你怎么施肥，怎么剪枝，它照样把花蕾收得紧紧的，只有在强大的雷电下，花蕾才会绽开，化作满地的嫣红。因为有这种特性，附近的居民都叫它"雷公花"。

其实生活中到处充满了雷公花的哲学。

我有两个大学朋友，刚结束实习，接着便开始紧张地找工作。恰好有家私人企业前来学校招聘，两个朋友都去面试了。一周后，公司来电话，让他们马上去上班，并开出了很优厚的酬劳。这时问题就来了，一个朋友论文还没写完，另一个朋友写完了，却在外地查资料帮老师做课题，权衡再三，第一个朋友选择了去公司，因为他想，利用闲余时间也是可以做论文的。但去了公司，他整天忙得很，周末也经常加班，再加上缺少资料，他的论文一直无法完成。而另一个朋友，他的老师不想放他走，他自己也不想走，毕竟这是难得的机会，错过了说不定一辈子就没这样的机会了，所以他没去。

谁知三个月后，第一个朋友沮丧地回来了，他在公司过得并不好，试用期没满就被裁退了，那时离答辩只有几周的时间，他只好草草把论文做了；而第二个朋友利用这三个月的时间，和老师一起完成了课题，还出了本专著，他撰写了其中的两章。

毕业答辩后，第二个朋友由于有课题研究的成果很快被一所高校录用了，第一个朋友只有望洋兴叹的份儿。

很多时候我们看待机遇都是以仰视的态度去看的，如果真的放在我们手心里，那估计也新鲜不了多久，试想，一只翅膀没有长硬的海燕又怎么能在变幻莫测的大海上翱翔呢？与其被折伤，还不如藏在生命的花蕾里，不断积蓄自己的力量，等到最能体现生存价值的时候，就像雷公花一样，在雷火强有力的牵引下，化作满地的嫣红啊。

给旁人开一扇窗

云和海是我的两个朋友，她们是从小玩到大的朋友，大学毕业后，又进了同一家公司，同在营销部，租房子也租到了一起，出入都是形影不离，熟悉她们的人都非常羡慕这种纯洁的友情。云笑着说："谁叫我们都臭味相投呢？"

虽然是新手，但云一直认为自己不会比别人差，她不止一次对海说："你看着吧，只要有机会，迟早有一天，我会坐上营销主管的位置。"机会终于来了，一周后，云接到了一个案子，要对公司新年度的营销方案进行评估。这对营销专业出身的云来说，简直是小菜一碟。她拿着方案，准备回家加班加点弄出来。海却建议她："还是去市场实际了解了解，再进行评估吧。"海的话让云非常不高兴，她生气地说："你也太小瞧我了

吧。"说完不再理她。第二天上班，她高高兴兴地把方案交上去，却遭来了领导的一阵指责："去市场调研了没有？"云低着头不说话，领导冷着脸说："缺少市场调研的数据是不准确的，你要记住，你所上交的每一个案子，必须尽量做到完美无误。"

云本以为，这案子还会返回来让她重做，但出乎意料的是，这案子却交给了海去处理。这让云十分为恼火，她甚至怀疑，是海怕自己抢了她的风头，她才故意到上司那里去告状的。这样想着时，她和海之间便有了一层隔阂。

还有一次，公司派她们去上海出差，代表公司和一个大客户进行谈判。海说："对方是公司的老客户，不如出最低价。"云一脸鄙夷地说："你也太天真了，这个社会不是讲究利益至上吗？多赚一分是一分。"结果，双方谈判破裂。回到公司，云被领导狠狠批评了一顿，并且说要把她调离营销部。云哭着说："谈判是两个人去的，为什么出了事只追究我一个人的责任？我也只是想让公司多赚点钱，我哪里错了？"

在海的努力下，公司没再追究，但此时云深深恨上了海，她也不再理海，尽管海还是一样对她好，尽管每次有案子，海都会对她提一些建议，但云只是认为那是海假惺惺地作秀。

半年后，海因为业绩突出当上了部门的营销主管，而云还是在原地踏步。因为直接受海的管辖，她开始与海对着干，以各种理由拒绝接受任务，甚至多次在别人面前，散播关于她的谣言，云最终被公司解聘。

不久后，云搬出了海的寝室，当海提出要送她时，也被拒绝了。三个月后，云才找到一份工作，但待遇比以前差多了。有一次，她在街上遇到以前的同事，同事说："你真的误会海了，其实她只是想帮你。你谈判失败的那次，要不是海帮你求情，你早被调离了。还有你和她对着干的时候，老总就想炒你鱿鱼了，都是她在帮你顶着。你离职的几个月，为了不让你父母担心，她还每个月以你的名义给你家里寄钱。你真的太傻了。"

她如遭雷击，久久无语。她感到了深深的后悔，只是那推却的友谊，还能重新找回来吗？

有一句话是这样说的，上帝在给你一个朋友的同时，也给了你一扇通向世界的窗户。从这扇窗户飘出来的语言，都是忠言逆耳，虽然不好听，但都是善意的，对你也是有益无害的。所以，交朋友，不要轻易关闭别人的窗，拒绝别人的同时也就拒绝了自己。

心高，路才长

阿强是我的一个同学，重点大学毕业，写得一手好文章。当其他同学都在为工作奔波劳累时，他却轻轻松松进了一家国有大型企业做宣传工作，虽然事情很多，但阿强依然干得无怨无悔。

转眼，三个月的试用期到了，阿强本以为公司一定会录用他，谁知道得到的却是离开的通知。阿强当时不以为然，他很快就找到了新的东家，依然和往常一样，按部就班地做着自己的本分事。

经理是个50多岁的主，要求也相当苛刻，阿强不时地被挑到刺儿。对于这样的上司，阿强当然无法接受，他想过去找上司辩解，但最终还是忍了下来。一个月后的早晨，经理突然把他喊到了办公室，指着电脑里画着狗和狼的图片，对阿强语重心长地说："其实，我一直都在关注你，你就像这忠诚的卫士一样，勤奋、努力。可是，职场如同战场，作为宣传部门，我们更需要的是像狼一样敏锐、主动的战士，你能明白我的意思吗？"

阿强忽然想起一位职场前辈说过的话："心高，职场的路才长。"是啊，职场说白了，就是生存博弈，要想成大业，就不能只老实本分、畏缩不前。想到这些，他重重地点了点头。

从此，阿强就像换了一个人似的，办公室很少看到他的踪影，但他每天都能及时带来同行部门的更多新信息。

随着对业务的熟悉，阿强经常去和经理交流他对业务的新见解，并不时受到经理的高度肯定。

金融危机前，阿强通过仔细分析，慎重提出了投资商场的计划，他的意见得到了公司上层的高度重视。经过层层论证，公司最终采纳了他的意见。一场危机下来，很多公司不是倒闭就是破产，但阿强所在的公司却是越做越大。

现在，阿强理所当然接替了上任经理的位置，公司每进来一个员工，他都会很耐心地把自己的故事说一遍，用阿强的话说，一个人的职场路有多高，不是公司给予的，而是靠自己打拼的。只要心高，并且不断放开自己的心胸，主动去适应工作、寻找工作，就能积蓄力量，厚积薄发，走得宽，走得高，走得远！

改变一生的一道面试题

它不是一道经典的面试题，但却改变了我的一生。

阿鹏是我大学期间的好哥们，大四那年，我们同去一所公司应聘，面试的最后主考官是公司的曾董事长。在面试即将结束的时候，曾董事长不经意地说道："你们看，今天的天气十分晴朗，但是天气预报说明天将会有暴风雨。你们能不能用"虽然、但是"这组关联词，将这两个简单的句子联系起来？"阿鹏想也没想，就抢先答道："虽然今天是晴天，但是明天会有暴风雨。"我回答说："虽然明天会有暴风雨，但是今天是晴天。"曾董事长也不再说什么，就叫我们回去等消息。回家的路上，胸有成竹的阿鹏还笑话曾董事长问这么弱智的问题，而我却久久不能琢磨出曾董事长的用意。

半个月后，我意外地收到了公司的聘书，而阿鹏落选了。后来，阿鹏应聘到了沿海一家同行业的公司。

再次遇到阿鹏的时候是在同学聚会上。本来以为当年专业技能比我优秀的阿鹏能过上白领的生活，没想到他却告诉我，由于全球金融危机的影响，他们公司的业绩急速下滑，为此公司不得不裁员，很不幸地，他也成了失业大军中的一员。当我告诉他，我所在的公司这个季度已经赢利百万，而我也已经是公司销售部的经理时，阿鹏并没有我想象中那样吃惊，而是给我讲起了他与我们公司曾董事长的一段往事。

有一次，他和我们公司的曾董事长一起去和另一家公司洽谈业务，无意间与曾董谈到那次面试。曾董对他说："你知道吗？当时你真的很优秀，在专业技能、团队管理上都要比小王略胜一筹。但是你知道我为什么没有聘你，而聘小王吗？"阿鹏摇了摇头，曾董接着说："面试的时候，你以为我是无意中问你们天气的关联词的吗？其实不是，那是我在考察你们对待工作、对待生活的态度。"

说到这里，曾董顿了顿："当时你的回答是，虽然今天是晴天，但是明天会有暴风雨。而小王的答案是，虽然明天会有暴风雨，但是今天是晴天。你们两个人的答案侧重点完全不同，你注重的是明天的暴风雨，而小王恰好与你相反。由此可以看出，你消极而小王积极。这才是我没有聘用你的真正原因啊。"

直到此刻我才顿悟，原来一个人对待工作的态度，可以决定他职场的"宽度"。是啊，身在职场，你永远只有两种选择，在消极中堕落、离开、重新开始，循环到最后，你依然只是个失业者；不然，你就应该在积极中奋进。

做一个"有心"的汤圆

金融危机来的那段时间，父亲也慌张了，连忙逼着我去找工作。奔波了数个周末后，我应聘到了一家外企公司，全球五百强企业。

刚上班的第一天，经理就再三嘱咐我，在职场上最忌讳二事，一是整日无所事事，一是去打听别人的工资收入。事实上也的确如此，我来的第十天，正好碰上发工资。我看见每个人都在财务处拿了个信封后，就匆忙离去，纵有交谈，也是小声而严肃的。

我每天所做的事情就是在办公室里打杂，偶尔给经理沏杯茶。这样的生活，自然是我不愿意的。我可是堂堂营销科班出身，之所以加盟这家外企，就是希望能用自己所长大展拳脚，想不到却落到泡茶打杂的处境。凭着初生牛犊不怕虎的劲，我义无反顾地走进了人事部经理的办公室。

在听完一段长篇陈述后，人事部经理笑了。他说："这样吧，明天有个公司上层野外聚会，你也来吧。"

我决定向远在千里之外的父亲求救，父亲沉思了半天，他给我献一计：马上快到元宵节了，不如组织大家包一次汤圆，既有情趣，又能凸现与众不同。有了父亲的支持，我很快将计划付诸行动。正如意料中一样，这次活动受到大家的青睐。大家你一个我一个地包起来，而我则负责火候的控制。当吃着芳香浓郁的汤圆时，大家的脸上都洋溢着幸福的微笑。

第二天上午，经理笑着说："你昨天的表现很精彩，总裁也满意。这样吧，你现在去市场部报道吧，相信以你的才华和机灵，一定会大有用武之地。"

接到第一张单子，是在三天以后，我和同事顺利敲开了一个公司的大门。之后，我在这个职位上越做越顺。我接了总裁亲自交代的一个案子。因为任务大、时间紧，我明显感觉到了压力。迫不得已，我向经理提出了组建一支团队的申请。

在详细看了资料后，经理笑了："你所提交的名单里有几个人是对你有意见的，有一个甚至还打过你的小报告，你不怕他们拖你后腿吗？"

我摇摇头说："我相信公司是一个公私分明的地方，何况我们并没有利益上的冲突，之所以出现这样的情况，也许是因为我的锋芒毕露，他们暂时无法接受罢了。"

"我一直在等你这句话。"经理语重心长地说，"其实我也可以指定人给你，但那样一来，你就无法起到团队核心人物的作用，所以我一直在等。要知道职场就是战场，你得发挥整个团队的集体智慧，这样你就无须事必躬亲，你只须指明成功的方向。这情形就和上次你策划的汤圆案子一样，汤圆大家一起动手包，而你要做的，只是控制火候，明白吗？"

我满怀信心地点头。半个月后，我的案子如期完成。再两个月后，我破例坐到了市场部主管的位置。

升职那天，经理特意过来祝贺我。我没有多少奉承的话，一双手却和他握得紧紧的。

给对手开一朵绚丽的花

大学毕业后，我放弃了进外企的机会，回到了自己的家乡。在父亲的帮助下，我开了个海鲜店，利用自己这几年所积攒的人脉，很快打开了局面。

不久后，我决定扩大自己的店面，当我告诉父亲时，他却犹豫了："你这里地理位置虽好，可就一家店，没形成规模，客源不可能太多。"我被自己的雄心壮志冲昏了头脑，哪还听得见父亲的建议？

一个月后，我的店面扩张了一倍，但生意并没有预想的那么火热，维持店面的费用却在成倍增长，我开始感觉到沉重的压力。

有一天，一个初中同学来找我，他说他也想开家店，给别人打工总不如自己当老板，他让我提些建议，我的回答却支支吾吾的。父亲急了，跑过来说："那你也开家海鲜店吧。"我朝父亲使劲儿打眼色，示意他走开，但父亲是越说越来劲。等他一席话说完，同学已经是两眼发光，一个劲地和父亲握手说感谢。

等同学走了，我忍不住埋怨说："爸爸，你怎么能叫他也来开海鲜店呢？一家店的生意都这么差，何况是两家店？"父亲笑了，他摆摆手说："不是两家店，起码要开5家店。"我诧异地望着父亲，没说话，但我知道，父亲从不打没把握的仗，这样做自有他的道理。

两个月后，我所在的龙湾街，开了6家海鲜店，成了名副其实的海鲜一条街。紧接着，父亲联手几家海鲜店搞了次大型的"吃海鲜，送小车"活动，海鲜城的大名因此远扬。

正如父亲所料，在市场打开后，店里的生意不仅没有减少，反而越来越兴旺。父亲生日那天，其他几家海鲜店的老板都提着厚礼来看父亲，说感谢父亲给了他们一条路走。父亲高兴地对他们说："其实，要说感谢的是我们，是你们的加入让我儿子的店起死回生。"

晚上，父亲走过来，跟我讲了个故事，是父亲年轻时的故事。那时，像现在的我一样，父亲雄心勃勃想干一番大事业，他和几个志同道合的同事，一起跑起了运输。当时同市的几个车队竞争非常激烈，但父亲经常把自己揽到的业务介绍给其他车队。很多人不理解，甚至还骂父亲吃里爬外。直到有一次，父亲所在的车队承包了一单去俄罗斯的业务，却不想车队在半路上遭遇了雪灾，父亲他们陷入了绝境，幸好其他几个车队赶过来了，经过两天一夜的抢救，父亲他们才转危为安。

父亲语重心长地对我说："我想要告诉你，给别人开一朵花，其实

也是在灿烂自己的生命本色。同样的道理，我让大家都来开海鲜店，表面上，你像是亏了，但大家只要有序竞争，反而能形成一个品牌，用一个拳头说话，客源当然不足为虑了。"

我想父亲说的是对的。半年后，我的店面再次壮大了一倍，我也成了当地有名的海鲜大王。一年后，我的海鲜分店遍布这座城市，我在每个分店的办公室里，都挂上一条横幅，上面写着父亲送我的话：给对手也开一朵绚丽的花。

是的，这句话，值得我一辈子去铭记！

话不投机，喝杯凉茶

朋友在商场打拼五六年，拥有了一家房地产公司，也算是事业有成，春风得意。他做起事来，从不拖泥带水，不过，这样的人也容易激动。在熟人面前倒也没事，因为大家了解，能容忍，但生意场上就不同了。有的时候明明有利可图的生意，就因为话不投机谈崩了。为此，朋友也很苦恼，多次找我们倾诉。

有次大家一起交流对孩子的教育问题，朋友对这个颇有兴趣，但不同的人看法不同，他和我的一个同事就争执起来。朋友脱了衣服，激动地站了起来。就在这时，同事的儿子端来一杯冷茶："叔叔，你先喝杯茶吧。"朋友一口气喝光了，一股凉意直抵心田，他坐下来，心也静了，仔细想想，别人的话未尝没有道理。结果这次，他破天荒地和大家一起讨论了三个小时而没吵架。

第二天上午朋友去上班，策划部主任带着他最新的创意过来了，朋友早有意在城区开发十套中低档公寓，其中有三套专门针对中老年用户。他看了一下策划，就装饰选料问题上他和主任有着不同的意见，主任力求选用环保型材料，而环保型材料成本高很多，他认为不划算。

若在平时，朋友肯定会不耐烦地否决策划部主任的意见，一直以来，他都是个独断专行的人。公司里的人都明白这点，所以策划部主任对自己的观点能否被采纳没抱多大希望。可是今天很意外，朋友拿出两杯冰茶，破例给了下属一杯，自己喝了一口，然后让主任说说他自己的意见。

"要是采用环保无公害材料，短期来说赚得确实会少点，但要想到现在老百姓的生活指数在不断提升，这种新型材料迟早是要普及的，谁能先抓住这个机遇，谁就先能得到老百姓的认可。"顿了顿，主任又补充说，"从长远来说，选用环保材料可以提升我们绿色环保的建房理念，也可以为老百姓办点实事，建老百姓真正需要的房子，还可以拓展我们的市场，一举三得。"

朋友认真听了，不断地点头，随后在细节方面，两人又进行了细致而友好的商量。

如果是争执，环保无公害材料的方案肯定要被否决。激动之前，先喝杯冷茶，让自己冷静下来，一则可以让现场气氛变得友好，二则可以听到更多不同的意见。群策群力，正是如此。

做个快乐的拼盘

阿强是我的初中同学，中专毕业后他就去了深圳打工。不久后，听说他去了一家外企上班。在深圳这个竞争激烈的地方，他一待就是六年，买了车、购了房，日子过得有板有眼。暑假，凭着我学的营销专业，我也顺利敲开了这家公司的大门，和阿强坐到了同一个办公室。

干了一周，我发现阿强做的事情，无非是在办公室写写材料，搞搞接待。这样的工作，是我所不屑的，我心里纳闷着，本事平平的他，凭什么能屹立于职场六年不倒？

去问，阿强只是笑："等你再待些日子，你就知道道理了。"不过，说也奇怪，阿强所在的这个办公室，从来都是笑声不断，阿强就像个魔术师，再大的烦恼，到了他手里，都能迎刃而解。

公司准备策划一次大型的户外展览，案子落到了我的手里，我在办公室忙了整整一周，案子却没有通过，想到自己加班加点的成果，就这样被轻易否决了，我的心里别提多郁闷了。回到办公室，我阴沉着脸，不说话。

阿强走过来，突然说："你这是好事啊。"我诧异地抬起头，阿强说："案子没有交给别人去做，这说明公司相当重视你。你应该为此高兴才是，你所缺少的，只是没有去实地考察，记住，你所做的每个策划都应该是有凭有据的。"我如释重负地笑了。

接下来的一周，阿强带着我去实地考察，再次上交的案子，受到了公司上层的高度表扬。我衷心感谢阿强，是他妙语化解了我的不良情绪。

因为表现突出，经理又把一个案子交给了我，是策划一次户外联谊活动，因为没有这方面的经验，我决定虚心向阿强请教。

阿强对我的到来，一点都不惊讶，他笑着说："我六年前刚来到这个公司时，也和你一样，充满雄心壮志且目中无人，是挫折让我知道了如何生存。当然，你比我做得更出色，因为你既懂得如何冲锋陷阵，又懂得虚心接受进谏。"

阿强给我出了一个主意，那就是在联谊会的最后，大家一起来做水果拼盘，既显得有创意，又能凸显团队的集体智慧。

正如意料的一样，这个活动受到了大家的一致欢迎，大家纷纷削切着我事先准备好的几袋水果，都笑容满面。

第二天上午，经理在周一例行会议上，大力表扬了我，他还说以后再有这样的案子，都全权交给我处理。

一个月后，阿强坐到了营销主管的位置上。庆祝的那天晚上，我突然压低声音说："我知道你为什么一直受领导器重了。""为什么？"阿强笑眯眯地望着我。

我慢条斯理地说："因为职场如同战场，任何观念、错误或行为的偏差，都有可能让我们一无所有。所以团队的齐心协力，尤为重要。而你，总能用妙语化解大家的忧虑，给大家降压。你一直以来都是这个部门的核心所在，就像上次那个联谊会一样，一个小小的水果拼盘，却让每个人都能心连心、手牵手，以饱满的精神状态投入其中，争做一个快乐的拼盘。"

阿强没有说话，却笑着和我紧紧拥抱在一起。

辞职以后

　　那一年，我18岁，高考失利，我决定去打工养活自己。可是，我连换了几份工作都不太满意，父亲只好托熟人帮我找了份文员的活儿。可我没干一周，就觉得没意思了，正值端午节，我决定辞职回家。父亲在电话里也不说什么，他只嘱咐我路上注意安全，不要和陌生人说话……

　　经过几个小时的奔波，到了温暖的家乡，下车，直奔家里。见我回来，父亲赶紧跑了过来，接过我的行李，当看见父亲的那一刻，我心里忽然咯噔了一下，他笑着接过我的行李，一边说可以吃饭了。吃完晚饭，一家三口看着电视，父亲不知从哪儿弄来好多点心，妈偷偷地告诉我，这都是他攒的，说等我回来吃。从小父亲有什么好吃的都留给了我，我想父母亲都是爱自己孩子的吧！

　　第二天一大早，就听见父亲在楼下叫我起床。说实话，我心里挺烦的，今天可是放假的第一天啊，但是我没办法，只好起来。父亲说："你等下把厕所清洗一下。"

　　我看着他，觉得很不可思议。

　　父亲又重申了一遍，说："洗好厕所才吃饭。"我没说话，知道父亲就是这脾气，他认定的事情，就很难改变，尽管我心里并不理解他的做法。走进洗手间，我忽然想：现在洗，我还能吃饭吗？带着一肚子的郁闷,我三下五除二地清洗完了。

第三天一大早,我又听见父亲在楼下喊,叫我起床,虽然心里很烦,我还是起来了。一下楼,父亲就跟我讲:"先清洗厕所,再吃饭。"忍着满腔怒火,我还是洗完了。父亲问我:"累吗?"我点点头。"比你所做的工作要苦吧。"我又点点头。父亲说:"之所以你会觉得难受,是因为你没把它当成你生活的一部分,所以你要去适应它,只有这样,你才能吃得苦中苦,才能有所出息。"父亲叹了口气。我忽然惭愧起来,第四天清早,我早早把厕所洗得干干净净,直到母亲叫我,我才意识到,我竟然在厕所里待了整整两个小时。母亲给我端来早餐,在我身边坐下,给我讲起了父亲为了让我上大学,兼职做两份工作,从以前的180斤瘦到140斤。我的记忆立即像搜索器一样,搜索到了那天回来见到父亲的那种特殊感觉:父亲人瘦了,白头发也多了,行动不如以前灵活了。

我想,那些好吃的点心,一定是父亲一直未舍得吃,留给我的。母亲解释父亲让我清洗厕所的原因,是怕我养成娇生惯养的习惯,父亲希望我能吃苦耐劳,将来能靠自己的双手,创造出属于自己的生活。

"这个红烧肉是父亲特意为你做的。"顿时,我的心里愧疚极了,我拿起筷子,迅速把肉吃得干干净净,眼泪却止不住地流了下来。

后来,我又出去找工作了。再后来,我有了属于自己的公司。每次回家,我都起得很早,把厕所洗得干干净净。我总说:"报告,父亲大人,厕所清洗完毕,请指示。"

每次,我都看见父亲欣慰地在笑。

第四辑

谁会为你守候一生

有没有爱温暖过你卑微的心灵

从小，他就恨他。虽然，他是他的儿子，可儿子又算什么？他在外打工多年，却很少关心过他，也从没回老家来看看，他甚至都不记得父亲长什么模样。

他只记得五岁那年，母亲和父亲大吵了一架，然后离家出走，却不想遇到了车祸。自那以后，他拒绝再在别人面前提及父亲的名字，他逢人就说，他的父亲已死，就在母亲离开人世的那个晚上。消息传到他父亲那边，父亲勃然大怒，托消息过来，骂他是逆子，然后断了他的生活费。

他不气，也不恼，对相依为命的奶奶说，他会靠打工来养活自己。

他做过很多事，捡过垃圾，卖过报纸，到工地上搬过砖，就这样，他一步步把自己送进了大学。入校那天，当老师看着他长满厚茧的手，所有的人都不禁为之动容。他却笑着说，那是一个男子汉应该做的。

但他心里还是有隐痛的，只因他是个没人疼的孩子。所以，当室友的父母每次来寝室时，他总躲得远远的。他只好每次对自己说，要忍住，要坚强，没有过不去的坎儿。

但父亲还是来找他了，因为，他是他唯一的亲人。也就是那个时候他才知道，父亲成了公务员，还做了一名部门领导，但他一直没再娶，虽然，有很多女人都愿意跟他。

"跟我走吧，"父亲说，"现在我什么都有了，只差一个儿子。"

他别过头去："我没有父亲，我父亲早死了。"

之后，父亲总会在每个月末来找他，他也不躲，父亲说，他就听，只是他拒绝父亲所有的帮助。他说："我是个男人，我可以靠自己。"

四年大学，他靠自己的努力，硬是挺过来了。毕业那年，他参军了。可是父亲出了事，因为经济问题。当警察来找他时，他一股脑儿地把知道的和隐约知道的，全都倒了出来，父亲也因此入狱，获刑三年。

原本以为，把父亲送进监狱，他至少可以好受点，但全然不是那样，难道真是人们所说的，血脉相连，茎断了还连着根？

他没去看父亲，因为不敢，他总觉得自己是无情无义的，他即使再不爱他，但还是生他的父亲。

一次偶然的机会，他迷上了音乐，成了文工团的一名歌手。他报名参加了全国青年歌手大赛，从初赛到复赛，他一步步走了过来，可是他还是遇到了阻碍，评委说："你的歌声里，总是充满了内疚和恨，让人感觉不到爱和温暖。如果你迈不过亲情这道坎儿，你可能会止步于十强之外。"

他想他们说得不错，他是无法去面对父亲，以前是恨，而现在是愧疚。

无聊，上网。在一个叫忏悔人的博客里，他突然看到了自己儿时的照片，是父亲的博客，那个因为妻子离世而深责不已的男人，上面记录着他思念妻子和儿子的点点滴滴。长这么大，他第一次哭了，原来，不论自己身在何处，父亲爱的视线从来没有离开过自己。

他终于决定去见父亲，去请求他的原谅、他的宽恕。

电话是监狱打来的，说他的父亲在医院，很严重。他在电话里很激动，声音都变调了。

他很快赶到了医院。见了父亲，他埋头就哭。只因，他是他的父亲。

他一直陪着他，照顾他，衣不宽带，还好，是个良性肿瘤。他送他去监狱，彼此依依不舍，他说："后天，就是总决赛，我希望你能来。"

决赛很快来临，还有一分钟，就轮到他登台演出，可是环顾四方，都没有看到父亲的影子。他感到了焦急。

轮到他上台了，可是他一直都没唱，掌声再次响起来的时候，他分明看见，在角落里，一个戴着锃亮手铐的男人在向他卖力地摇手。他的眼泪掉了下来。他唱了一首关于父亲的歌，是他自己写的，歌声中，那些关于父亲的回忆就像蒙太奇一样，浮过他的眼前。

他的心里本来有一座冰山，此时，却全部被爱和温暖融化。

当他获得冠军的声音传出来时，他看见，那个头发花白的男人，正激动地和周边的人说："台上那个，就是我的儿子。"

他把父亲请了上来，拿着话筒，大声喊爸。

父亲愣住了，继而说："你是叫爸爸了吗？你终于肯认我这个父亲了吗？你不恨我了，不埋怨我让你受了那么多年苦，不嫌弃我是坐了牢的人？"

他点头，又拼命摇头。继而是拥抱，热烈的拥抱。

一直以来，他都认为父亲是不肯原谅自己的，却从来不曾想过，父亲从来都没埋怨过子女。他的爱依在、亲情依旧在，就算暂时隐没于角落里，只要有足够的温暖，就能将他身边的每一个亲人，温柔地环住。

鲜花在远方

7岁的儿子因为竞选班长失败，他顿时觉得他的天都黑了。回到家里，不吃饭也不作声。

我只好带他去郊区的外婆家散散心。一路上，他不停地向我抱怨，说他为班集体做了多少多少好事，但付出并没有得到回报。他还说他准备辞去小组长的职务。

到了母亲家。孩子突然拉着我的手，直往阳台跑。我顺着孩子所指的方向，只见窗户上，一只粉红色的蝴蝶，拼命地往外面钻，玻璃很滑，蝴蝶一次次失败，却又一次次往上扑。在玻璃的最上方，有个三厘米宽的小洞，我不知道它是怎么进来的，它是迷路了，想回家了。

儿子想帮它，但是他很快发现，玻璃推不开，他唯有焦急地望着，并颇有感触地说："真是个执着的小家伙。"

这话从孩子的嘴中说出，我不禁心念一动。我跟着说："是啊，这是只迷路的蝴蝶，它不知前进的路在哪个方向，但是它在努力，没有放弃，你看它每上升一次，不就离成功近了一步了吗？所以，这只蝴蝶才会让人那么敬佩。"

"孩子，有时候我们努力了，并没有得到回报，那是因为鲜花还在远方，所以看不到，我们还得努力。"我说。

儿子恍然大悟："就像这只蝴蝶一样，它现在无法飞出去，去拥抱美丽的大自然，那是因为它做得还不够，还不能看见美丽的鲜花。同样的道理，我也不能放弃，我得努力，只有这样才能得到大家的赞同，是这样吗？"

"对极了，我的宝贝。"我忍不住把儿子抱起来，使劲亲了一口。回头，我分明看见那只粉红色的蝴蝶，从缺口处飞了出去，我仿佛听到了它亲吻鲜花时的笑声，生动又婉转流长。

孩子，你先喝杯茶

那一年，我读初三，哥哥读高一。家境原本就不好，加上我们哥儿俩读书，家底一下子就被掏空了。万般无奈的父亲听从别人的建议，拎着一个包走了，说是出去打工，其实是去一家地下工厂做事。

那时，我并不知道父亲干的是违法的勾当，只知道父亲从来都是晚上上班的，工作轻松，工资很高。

父亲每周都会来学校看我一次，在我手上塞上几张票子，父亲说："娃，我这辈子不图别的，只希望你能考个好大学，不再过脸朝黄土背朝天的日子。"我郑重地点点头。父亲给的钱远远超过了我的日常所需，但我没乱花，积攒着准备将来上大学用。

我为父亲自豪着，我甚至想，等将来大学毕业了，我也选择和父亲一样的职业。然而，后来发生的事却如锤子一般慢慢敲碎了我的梦想。

一个晚上，父亲刚走，在市区执法大队工作的叔叔就跑来找我。叔叔说："你爸爸是不是给你钱了？给了多少？拿出来。"然后趁着我发愣的

刹那，拿了钱就走。我扯住他不放："你凭什么拿我的钱？"叔叔恼火地说："这钱你不能用，用了会害你的。"我把拳头捏得紧紧的，真想扑过去和他拼了。

初中毕业后，我考取了市里最好的高中，当我拿着录取通知书回家时，父亲却出事了，是叔叔带人去抓的。工厂里其他人都跑了，就父亲老实，没跑。我听后气极了，有这样当叔叔的吗？！拿了把菜刀，我就往叔叔家跑。那一刻，我满脑子想的就是如何报复。

刚跑出门口，就被邻居杨老师一把拦住，他说："我不打算拖你，不过在你去之前，孩子，你先喝杯茶，好吗？"

说着，杨老师端来一杯凉茶，怒火中烧的我一口气喝光了，一股凉意直抵心田。我坐了下来，心也静了下来。仔细想想，叔叔平时对我们家照顾有加，他这么做或许另有苦衷。这么想着，我的怒火慢慢熄灭了。杨老师又语重心长地说："孩子，我知道你一直以你父亲为荣，出了这样的事，你一时无法接受，这是人之常情，可是你有没有想过，有些事情，你所看到的很可能只是表象？遇事不能冲动，让自己冷静下来，才能了解事情的来龙去脉。"

第二天，叔叔带着父亲回来了，由于父亲从事用工业酒精兑白酒的不法勾当，被罚了1000元，钱还是叔叔垫付的。

后来我读大学时，叔叔主动承担了我的学费。他告诉我，他真怕我走父亲的路，所以他不得不管。我想，如果当初杨老师没有拦住我，现在的我会有怎样的人生？我从内心里感谢杨老师的那杯茶。

选 择

兄弟两人一心想做点事业。这年，他们各自借了10两黄金，一起奔赴东方。

他们在一条大河边停住了脚，河面上结着厚厚的冰，弟弟试探着捡了块石头扔在冰上，说："能走！"可他终究没有踏出第一步，正犹豫中，一群人走了过来，望了望他们，然后惊讶地问："你们怎么还不过去啊？自从对面山上发现金矿之后，来这里的人没有一个不是去淘金的。"

等这群人走了以后，弟弟兴奋地说："哥哥，我们一起过去吧。你看冰上到处都是脚印，说明来往的人一定很多。"

哥哥却说："为什么非得淘金呢？顺着别人的路走再怎么努力也不见得能成功。"弟弟听了，不再说话，径自向对面走去。除了淘金，还有什么路更好呢？弟弟心里想。

哥哥从当地人口中打听到河面将在半个月后解冻，于是他果断地去买了一条船，跑起了运输。哥哥的生意出奇得好，当然渡河的价格也不菲，但大家都心甘情愿，因为对面有金矿。

几年后哥哥有了自己的轮船公司。而弟弟还在为一点沙金拼命，常常吃了上顿没有下顿。

爱是一种境界

　　杨谷是来自一个偏僻山村的孩子，父母双亡，他读大学的所有费用都是他做家教、跑促销、捡垃圾得来的，就是这样一个天天忙碌得不可开交的孩子，他居然还在学校外领养了一个和他一样贫穷的孩子，给她生活费，又日复一日地给她补习功课。

　　朋友们听了，都好心地劝他："为了生活你都那么累了，又何苦为自己再增添负担呢？"他笑了笑，把他们带到自己的寝室里，指着桌子上刻的一个字说："就因为它。"

　　桌子上只有一个字："爱！"刻得很深。

　　朋友们还是不得其解。他解释着："小时候，我记得母亲离世那一天，她把一个爱字紧紧地放在我的手心里，嘱咐我一辈子都要记得这个字，母亲告诉我：'什么时候都不要忘记，爱永远是第一的。妈妈已经没有能力给你爱了，但你还活着，你就得记住还有很多人在等着你给他们爱和帮助。'我一直都谨记着这个字，我想这就是我存在的价值。"

　　是啊，人活着，并非简简单单地为了自己，人与人之间还需要一种爱，一种无私的爱、一种凝聚崇高的大爱。

　　爱是一种境界，发自内心的爱可以超越血缘关系而永恒。也只有真正把爱放在第一位、把朋友放在第一位的人，他的存在价值才能真正得以体现。

每一朵鲜花里都有一颗坚韧的心

她是我的一个学生。每次上课的时候，她总是坐在最后一排。旁边乱七八糟地放着一些纸张或者书本，她成绩不好，长得也不怎么样，矮矮的个子上镶嵌着一张冬瓜般的脸蛋，她也不爱梳妆打扮，靠近，就能闻到一股淡淡的臭味。

说实话，这样平常的学生，谁也不会喜欢。她没有朋友，以至于中午吃饭的时候，她就一个人远远地站着。别人笑着、闹着，她也只顾埋头吃自己的饭。至于集体活动，她是从不参加的，也没有人去喊她，她就像是一阵风，远远地飘离于教室之外，孤独而萧瑟。

某一日，我去学生家家访，经过一条小巷，却意外发现她行色匆匆，手里还提着一个饭盒。我远远地跟着，走了几条巷子，她进了一个老式的居民楼。我的心一阵咯噔，难道她就住在这里？等她提着水桶离开后，我禁不住好奇，走了进去。那是一间残破不堪的房间，除了一张床，里面什么电器都没有，一个老态龙钟的妇人，正狼吞虎咽地吃着饭。

说明来意后，我与老妇人攀谈起来，从谈话里得知，自从老人的儿子去世后，她就一直在照顾着老人，不嫌累，也不嫌脏。要不是她无微不至地照顾，老人几次都差点儿病死。老人感叹着，这样的好女子，你们做老师的，应该好好表扬。

我顿时肃然起敬，望着她离开的方向，我在心里感叹，原来，她是个

美丽的孩子。

我忍不住帮着老人打扫。出去倒垃圾，正好碰到她提水回来。她显然一愣，然后低头，讷讷地喊老师，当看到我眼中一汪笑意，她的脸一下子就绽开了春天般的笑容。

接下来的时间里，我发现，只要我上课，她都是坐得端端正正的，不懂的地方，竟破天荒地提起问来，这当然是我所乐意见到的事情。只是她太偏科了，我有点替她担心。

春天，山里的野花开了，我决定带学生去郊游。等点名时，唯独不见她。去找，她坐在鲜花丛中，那些蝴蝶啊，蜜蜂啊，就在她的身边上下盘旋。"你看，这些鲜花多漂亮啊。但它们从来都不自卑，一朵朵都向阳舞蹈，知道这是为什么吗？因为在它们内心里，都有一颗坚韧的心。"

我知道她能听得懂我的意思。

余下的时间里，我乐于看着她一点点地进步。她也变得爱干净了，话语也多了，同学们开始慢慢喜欢她，老师们也惊讶：这孩子，挺有前途的嘛。

那年高考，她以全校第一的成绩，考进了清华大学，后来她去美国留学了。三年后，她拒绝了很多跨国公司的邀请，毅然回到了家乡，成了一名大学老师。很多人不解，但我知道原因，因为她在给我的信中写道："老师，我也想像你一样，培育出很多的鲜花，让每一朵都能向阳舞蹈，那么，这个世界定将璀璨无比。"

是啊，其实每个人都可以成为一朵鲜花，只要有一颗坚韧的心。一颗，就足以芬芳其整个人生。

老妈的电话

老妈很爱给我打电话。

每次看到是家里的号码，我就知道是老妈又给我电话了。

前几天，老妈一大早就给我打电话。我还没来得及叫老妈，她已经说了一大串了。

原来是老妈的银行账号密码不记得了，要拿我的身份证去挂失。

我马上反应过来。一个朋友最近正好要回老家一趟，可以托她带给老妈。我马上安慰老妈，跟她讲了我的朋友最近要回去，可以托朋友把身份证带给她。

老妈立刻转悲为喜，开心得像个孩子。

没想到第二天早上，老妈的电话又来了："丽丽，是妈，你那同学什么时候回来呀？"

我说："老妈，知道是你呀。才天亮呢，哪有那么快？老妈，我还没起来呢，你就来骚扰我。"

"老妈是有事情呀，不然还不想骚扰你哩。"

"我那同学到时候会联系你，你不要急啦。"

"丽丽，我跟你说啊。"说着说着，老妈的声音还特意压低了。我听着电话不说话，知道肯定又是老妈给我介绍男孩子了，还装得神秘兮兮的。

"那男孩学历跟你一样，家里有家工厂还有一家超市。"

"哦……"我只好不断用"哦"回应着。我怕老妈生气啊，一生气，我可招架不住。老妈看着我的反响不错，越说越起劲了。

我发现苗头不对，马上转移话题。唉，对付老妈，也只有这招了。

过了一天，老妈的电话又来了，问我过得好不好。老妈真是没话找话聊啊，跟我天天聊电话，还说话说得这么文绉绉的。

"没什么事呢，就是想问你过得开心不开心啊。"老妈还一本正经的。我一肚子的疑惑，最近我没向老妈发什么牢骚啊。

"就是问问。"老妈强调着。我正准备着说点什么的时候，老妈又说："我等下还要和你老爸带着开心（开心是我家的一条狗，名字是我取的）去外面转转。"老妈说，"我还要买条狗，名字就叫开果，你老爸偏说要叫开花。"

我差点儿没笑出眼泪。笑过后，一个人静静望着只有自己一个人的房间，突然备感孤单。

好想老妈再来一个骚扰电话。

唱支山歌给军人听

父亲出生时，正是共和国诞生。由于家穷，父亲读到小学六年级就辍学了。后来他就参军了。父亲参加过珍宝岛战役，最大的战绩是一个人用手榴弹炸毁了敌人的两辆坦克。

那枚嘉奖父亲的勋章，至今还挂在父亲的书房里，父亲几乎每天清晨都会小心地擦洗一次。小时候，我常跑到父亲的书房里，缠着他给我讲战争故事，那些炮火纷飞的记忆，常在我的脑海里盘旋萦绕。

父亲退伍后，就在当地做一些小生意，渐渐地，便与当年的战友失去了联系。父亲告诉我，当年他所在的那个炮兵连，只剩下了七个人。

与战友们再次相聚，便成了父亲的一个梦，从小，就深深种在了我的心里。我大学的那几年，父亲出去了好多次，但人海茫茫，父亲手中也没有任何资料，甚至都无法说出对方的名字，所以找了几次，都只是徒劳。

大学毕业后，我在当地的一个报社做了编辑。报社策划了一次"我与祖国同龄"的征文。收到了很多稿件，但有一封让我印象最深刻，也是写的一段描述珍宝岛自卫反击战的故事。

我按照对方提供的电话打过去，当得知对方也在父亲所在的八连时，我连忙把这消息告诉了父亲。电话那头，父亲激动地说："孩子，是真的吗？真的找到了强子吗？你没骗我吧？"由于太激动，父亲几次语无伦次。

那个夏夜，我把父亲和强子叔安排到一个茶楼见面。当两个白发苍苍的老人再度见面，忍不住泪流满面地紧紧拥抱。接下来，双方彼此都谈着分别后的人生。而我则穿梭其中，喜滋滋地倒茶拿纸。

我特意给父亲买了一部手机，又把强子叔的电话，告诉了父亲。此后的一段日子，我经常能听到父亲书房传出的朗朗笑声，我知道，那是父亲所期待的。而我的英雄父亲，此时已经开始在忙碌着寻找其他的战友。

7月的一个黄昏，父亲突然告诉我，当年的七个战友，除了一个去世外，都找到了，准备这个周末在家里聚会。我的脑海里突然闪过一个念头，我说："我们市要搞一个庆祝八一建军节的晚会，我觉得你们可以参加。"父亲愣了愣，然后有些兴奋地问："真能参加吗？你快点帮我们去问问。"看父亲着急的模样，我笑了。

那个时候，能帮父亲完成这一心愿，便成了我最重要的工作。经过层层申报，父亲终于能得偿所愿，当我告诉父亲时，父亲忍不住跳起

来，大笑着亲了我一口，弄得我一阵脸红。原来，父亲是如此迫切地想表达心意。

经过商议，父亲决定在八一建军节晚会上合唱一首山歌。接着，他们便紧张地排练起来。得知父亲的节目将作为压轴节目，我跑到他们排练的现场，大声说出了这一消息。我分明听见，他们的笑声一浪高过一浪……

母爱如井

那年，我12岁，初中毕业。母亲为了筹集我读中专的费用，忙得焦头烂额，我心里也很着急，希望通过自己的双手，能赚点钱回来，为家里减轻一点负担。

正巧那段时间堂哥他们在水库租胎，一天能赚50多块，我把想法给母亲说了，母亲想了想，同意了。我又去求父亲，父亲拗不过我，跑到修汽车的地方给我弄来很多胎子，我去买来胶水和气筒。第二天下午，我双肩扛着八个轮胎跑到水库。当时游泳的人很多，一个胎子能租3到5元不等，很快我就赚到了30多块钱。到晚上时，一个打扮时髦的小伙子来找我租，且一租就是5个，小伙子给了我一张百元整钞，我把身上的钱全抖出来，才找开。

晚上回到家，我得意地把钱交给母亲，因为那是我凭自己的双手赚回的第一笔钱，父亲走过来看了看钱，没说话。母亲也很高兴，破例炒了几个好菜，父亲也给我开了瓶啤酒，算是庆祝。

上学后，母亲把那100块钱给了我做生活费，我却拿去买了台网络游戏机。母亲知道后，很不高兴，我争辩说："那是我自己赚回来的钱，我有权支配使用。"

一年前我带着7岁的儿子去乡下亲戚家，我教他怎么插秧，儿子学了半天，插出来的秧苗隔了几分钟就统统浮了上来。我不耐烦了，把他拖到岸上，指着他骂道："你要是不能给我规规矩矩插上一行，就不要回来吃晚饭。"亲戚们都劝我消火。

晚上吃饭的时候，我还在埋怨自己的儿子不争气，教了半天都学不会，这时父亲提了个酒瓶过来，给我倒了杯酒，然后说："你还记得你当年租胎的事情吗？"

我说："我当然记得，那可是我第一次赚钱。"

父亲说："你要是想知道真相，就跟我来，你母亲在房间里等你。"

我一下子蒙住了，我好奇地跟着父亲进了屋，母亲从怀里摸出来一包塑料纸，她说："其实我早想把这个东西交给你保管了。"接着她打开，里面躺着一张百元整钞，我接过来看了看，上面有个我做的印记，正是我当年从小伙子手里得来的那张。我又仔细地看了看，忽然觉得不对劲了，很明显，那是一张假币，当时天色太晚，我没有看清楚。

我怔住了。父亲朝母亲打了个眼色，母亲故意装作没看见，母亲说："今天我把东西还给你，你好好保管着，以后教育孩子的时候，能用得着。"我惭愧地低下了头。

父亲说："其实你母亲当时就知道是张假币，但那毕竟是你第一次为自己打工，你母亲为了不打击你的积极性，就换了张真的给你。今天你如此虐待自己儿子，我们都看不惯了，才决定把这桩往事说出来。孩子啊，你长这么大，我们有没有骂过你啊？"

我摇摇头。

母亲把塑料纸包好，然后把它郑重其事地放在我的手里，我握着，忽然觉得很重，压得我有些喘不过气来，母亲叮嘱我说："以后做事，要注意方法，特别是教育孩子，更要鼓励和诱导。要是实在忍不住了，就翻开这个塑料纸，你就知道该怎么做了。"

如今，我把它小心地保管着，我知道保存起来的不再仅仅是一张假币，而是一种至深至纯的人性之爱。

父爱是心里的海

记得小时候，家里刚装上电，也没电视。对于小朋友来说，最大的乐趣就是去看花鼓戏。也不管多远，只要听到消息，便早早把火把准备好，五六点的时候，便成群结队地出发了。

那时，父亲正和舅舅贩烟卖，游街串乡的，所以消息特灵通。有一次，他早早就回来了，一脸兴奋地说，汉寿县有一个人过六十大寿，要演花鼓戏，叫我们早点去，免得连站的位置都没有。我也顾不上吃饭，带着母亲准备的烤红薯，带着火把，出发了。

一路上都是人，那情形和赶集没什么两样。等赶到演花鼓戏的地方，早已经人山人海了。父亲抱着我，插到前面去，但密密麻麻的人群，怎么都挤不进去。我们只好站到后面，可是我个头太小，只能看到别人的后脑勺。父亲也不说话，就把我架在他的脖子上。

戏进入高潮时，我忽然感觉裤子上有些湿，一抹父亲额头，满是汗水，我有些忧虑地问他怎么了，父亲一字一句地说："没事，就是天气太热了。"我见父亲说得轻松，也没在意，接着看戏。

回家的路上，父亲突然提出说休息一下吧，父亲便坐下来，一手捂着肚子，一手揽着我说："好看不？"我重重地点点头。父亲说："那等家里宽裕了，我也弄场花鼓戏。"

只是路途太远了，快到家的时候，我的脚都走得起疱了，父亲二话不说，让我举着火把，他一手扛着我，一手找了根棍子，然后就走。我好奇地问他："为什么要拿根棍子啊？"父亲便笑："怕被蛇咬着啊。"

到了家，父亲却再也支持不住，一头栽在地上。后来去医院我才知道，父亲是急性阑尾炎，为了让我好好看一场花鼓戏，他竟然默默忍受了四个小时。

我的眼泪一下子滚了出来。

我不知道那是一种怎样的煎熬。我只知道，哥哥也曾因急性阑尾炎开过刀，每次发病，在床上都疼得死去活来。

后来，家里装了电视，我和父亲也就很少去看花鼓戏了。暑假回家，正逢父亲60岁生日。父亲提出弄一场花鼓戏，也好圆他当年的承诺。很快，设备和人员都到位了。

依然是人多，我和父亲就站在后面，不一会儿来了一对父子，怕孩子看不着，他便把孩子托在他的脖子上，正如当年我的父亲一样。我凑近父亲，和他说起当年的往事，父亲只是笑着说："谁叫你是我儿子呢？"很简单的一句话，却让我再次热泪盈眶。

是啊，父亲一生都在为儿子默默地奉献着，从不计较，也从不声张。就犹如大海，宽容着，包纳着，绵绵不绝，生生不息。

我知道，我这一生，不论我如何翱翔，都始终飞不出父爱那片海，虽然它是无形的，却一直润物无声地影响并感染着我，让我，迟早也会变成一片新的海。

谁会为你守候一生

临近放假，母亲的电话也就多了，总是问我什么时候回去，说家里的玉米都快老了，又说田里的西瓜都快烂了，但他们舍不得摘，因为是为儿子留的。

但终究还是因为值班，迟回了一个星期。母亲接了电话，大老远就来接我，我埋怨着说，又不是不知道路。母亲却笑，说："还不是你回来得少，想和你多说说话？"

其实每次回家，都想帮父母做点事，但结果是父母什么也不让我做，饭是吃现成的，且都是我喜欢的菜，甚至连洗澡的热水都已经准备好了。父亲说："你工作那么累，还要写稿，你妈舍不得让你再做事，想让你多休息下。哪个父母不希望自己的家就是儿女们休憩的港湾啊？"

忽然觉得心中一热，想起从小到大，母亲对我的千般爱护，便有一股暖流涌遍全身。

离家那一天，母亲很早就起来给我收拾行李，从花生到猪油，从玉米到新做的衣服，吃的、穿的，应有尽有。还有一个小坛子，母亲在里面装了三斤饺子，说是留着让我下饭吃。从家到坐车的地方，有很长一段山路要走，但母亲担着大包小包，总走在前面，遇到上坡下坡，不时提醒我注意安全，自己却好几次险些滑倒。

回到城里的第二天，天刚刚亮，就传来一阵门铃声，开门，居然是一头雾水的母亲。她背着一个厚厚的纤维袋，里面全是她清早摘的菜，手里还有一本日记本。我赶忙让母亲坐下来，帮她擦去头上的雾水，母亲说，怕这个重要，所以给我送过来了。

坐了一会儿，母亲又起身，我说怎么不多坐会儿，母亲说，家里离不开她，那些鸡啊，鸭啊，都还在等着吃早饭呢。送母亲下楼后，我连忙拨了一个电话问父亲，明知道母亲有高血压，怎么还让她大老远赶过来。父亲却说："你妈啊，是想你了，昨天你一走，她就向我唠叨了，说你一走，家就冷清了，还说这见一天是一天了，便坐不住，正好你笔记本落下了，就想去你那儿坐坐，但又怕误了你的事，她说，你今天要和同事去漂流。"

我心想，漂流可以改天，可是为我操劳了一生的母亲，我怎么能让她带着遗憾回去呢？便连忙和朋友改了日期，转身朝母亲走的方向跑去，我分明看见，母亲正三步两回头地朝我住的地方望着……

父母，就是那一生为我们守候的人。

爱管闲事的母亲

不知道这是第几次劝母亲不要多管闲事了，母亲不听，似乎在她的眼睛里，容不下半粒沙子，但世间事，多半是她管不了，也管不好的，就算帮了忙，也不见得会有什么感激。邻居张三婶跟着母亲去街上贩菜卖，因为是新手，经常被其他菜贩占了位置，母亲便帮她占了位置，就是这么一个被母亲视为亲姐妹的张婶，却在自家丢失了一只鸡后，硬是把责任推到了母亲身上，说母亲如何如何卑鄙。

母亲也懒得争论，她依旧我行我素，遇上不平的事总要说几句，遇上需要帮忙的事，总会义不容辞地伸出自己的双手。清早，我正准备和女友去浏阳漂流。刚出发，便接到正在深圳打工的父亲的电话："娃，你快回去，你母亲现在在派出所，也不知道出什么事了。"我的脑袋顿时一晕，哪还顾得上去游山玩水？连忙打了辆的士，赶到派出所。一个衣衫凌乱的少年走上来说："你就是大妈的儿子吧？多谢她救了我，还来给我作证。"

原来，那天晚上，母亲突然听到外面有"救命"声，开门，是一个衣衫凌乱、满身是血的少年，少年告诉她，自己去要债，却不想被六个人挟持到山里，痛打一顿，他从山上跳下来，才得以逃生。少年希望母亲能打个报警电话。这事，母亲当然义不容辞，不仅打了电话，还给少年包扎了，等警察来的时候，她还自告奋勇地同来作证。

幸好只是虚惊一场，回来的路上，我忍不住责怪她不应该多管闲事。可走了几步，母亲便不走了。原来，她看见公路上有一群提着大包小包的农民。母亲若有所思地说："邻县不是发生了泥石流吗？估计是出来避难的。"我拉扯着母亲的衣服说："你又不是收容所的，关你什么事？还是回家去做饭吧。"但母亲摇头说："你看他们多可怜，肯定还没吃饭，这事，我应该帮一帮。"

母亲便吩咐我去买肉买菜，她把一群人客客气气接到家中，款待了两天，直到他们在这座城市的亲人开车把他们接走。

母亲一辈子便是这么爱多管闲事，我想，要是在古代，母亲一定是个令人敬佩的女侠客，但是在现实社会中，更多的人说母亲是笨蛋、愚蠢，人不为己，天诛地灭，对别人那么好，有啥好处？但母亲只是笑笑说："遇上了那事，我能不管管吗？"

"这事我得管一管。"这就是母亲的口头禅，自从我们懂事以来，她一直言传身教地影响着我们，告诉我们，人活着，不仅仅只是为了自己，为别人开一朵花，让越来越多人都喜笑颜开，这才是人生的真正意义所在。

戏　缘

　　母亲美妙的歌喉在十里八乡是出了名的，一首她自创自演的《元宵探亲》，多年来一直为邻里所津津乐道。我记忆中的春节，都是在母亲的戏声中度过的，从初一到十五，从一个乡镇到另一个乡镇。七八个人的戏团后面往往跟着几十号人，有老有小，大家就这么跟着，从一家到另一家。但读高中后，我再也没跟着母亲出去过。主要是看戏的人少了，唱戏的也要钱了，钱少了还不乐意。在学校里，我也往往成为大家嘲笑的对象，只因有个"讨钱"的母亲。我试图劝母亲，母亲说："不唱，哪里给你弄生活费去？"我无言以对。

　　大学毕业后，我有了稳定的工作，我以为母亲能停下来，没想到她更加忙碌了，说想成立一个花鼓戏协会，把全市所有爱唱花鼓戏的人都组织起来，但操作起来却很麻烦。一天，父亲的电话来了，说："你快来医院吧，你母亲被人推下山坡了！"

　　原来，郭大叔的妻子是一名花鼓戏实力唱将。母亲力邀她担任协会的秘书长一职，她也高兴地答应了，也许是太兴奋，回家的路上，没注意，就被摩托车撞倒了。郭大叔将责任推到了母亲的身上，来找麻烦，一激动，一推，没防备的母亲便滚下了山坡。

母亲出院那天是我去接的。刚坐上车，母亲突然又下了车："不对，我应该去趟医院，同室的病友说她有个董事长朋友，也是个戏迷，我看能不能问到地址，拜访一下，说不定，还能成为协会的赞助商呢。"

母亲跟我常说的一句话就是："前20年，我是给自己唱戏；后30年，我要给别人唱戏。"母亲并非只是说说。为了成立花鼓戏协会，她把这辈子所有的积蓄都贴进去了。半年后，花鼓戏协会正式宣告成立。那天，会场里人山人海，母亲还饶有兴致地和市长合唱了一首《刘海砍樵》。那熟悉的戏词，我从小就在家里听母亲唱过无数遍、在外面唱过无数遍，那是母亲用心去演绎的戏曲。

爱的密码

爷爷走的那天，是奶奶的生日，我已记不清那天奶奶是怎么过的，我只知道每个亲人脸上都溢满了悲伤。

我是个孤儿，是爷爷奶奶亲手拉扯我长大的。爷爷走后，奶奶依旧疼我，只是她的双眼之间写满了落寞。我用了很多的方法，想哄奶奶开心。那是爷爷走后的第一个生日，我早早地回了家，做了奶奶最喜欢的红烧肉，还煲了玉米排骨汤。这些菜都是我平时偷偷琢磨出来的。一切准备就绪，就等奶奶回家。可到晚上7点，依然没见奶奶的身影，菜凉了又热，热了又凉，奶奶还是没回来。我满世界着急地寻找，最后在爷爷的坟前找到了她，一脸伤痕。我紧紧地抱着奶奶颤抖的身体，那一刻，我突然觉得自己长大了，应该好好保护奶奶了。

回到家，奶奶看了看满满的一桌菜，惊讶极了，我说："今天是你的生日啊。"奶奶沉默了半晌，然后说："以后，我再也没有生日了！也不许再给我过生日了。"我看着悲伤的奶奶，不由得一颤。从那天起，奶奶的生日在我的记忆里慢慢退去。

时光流逝得很快，我已不再是一个小孩了，却依旧丢三落四。为此，奶奶没有少费心。后来，大学毕业后，去了外地，回家的日子越来越少。一日回家，奶奶做了顿丰盛的晚餐，看着我狼吞虎咽的样子，她笑了，继而问："知道今天是什么日子吗？"我摇了摇头。奶奶叹了口气，说："今天是我的生日！从今以后，你一定要记得我的生日。"奶奶说完就走了。我疑惑地望着奶奶的身影，一股酸涩涌了上来。

不久后，我的事业走上正轨，风生水起，陪奶奶的时间更少了。但每次回家，奶奶总会问我她的生日是哪天。我依然会忘记。看着奶奶伤心的脸，我开始认真告诫自己，并把奶奶的生日写进备忘录，时刻提醒自己。终于，奶奶再问我时，我已经能熟练地回答出来。几次后，奶奶便也不再问我。

原以为我的人生会一路顺风，却因为投资错误，损失惨重。不幸接踵而至，医院的电话也来了，是奶奶的病危通知。我跑进医院，握着奶奶枯瘦如柴的手，泪不争气地滚了下来。奶奶用尽最后一丝余力，告诉我："在爷爷的相册里，有一张存折，密码是我的生日。"

还有一个月就是奶奶的生日，我以为我可以好好地给她过一个生日，可是，奶奶还是走了。听邻居说，奶奶的病，很久就有了，是癌，但她一直都没告诉我，一直都在街上做着卖油条的生意，她也不让别人告诉我，怕我担心，怕我以后照顾不好自己。

我紧紧攥着手里的存折，泪水洒满一地……

给母亲暖脚

大学毕业后，我只身到了深圳。两年里，我从一名普通业务员爬到了销售经理的位置。因为单位业务太多，两年里，我都没有回过家，即使是节日，也只有短短的一个电话，然后便投入到紧张的工作中。

奶奶九十大寿前夕，我特意向公司请了探亲假，带着女友回到了阔别多年的老家。那天，家里客人也特多，忙到晚上10点，父母才空下来和我聊天。

不知不觉就到了12点，母亲意犹未尽地跟我说晚安，我和女友刚走出去，便听见父母在里面不停地说着话。我一时兴起，蹑手蹑脚地走到门口，想知道他们在说什么。

母亲说："你还不去给娘暖暖脚？又不是不知道她贫血，一个晚上都睡不暖和。"父亲说："那等我把娘的脚焐暖了，再来给你暖。"母亲说："不用了，我还年轻，扛得住。"父亲又说："那要不等我先把被子焐热了，再去。"母亲依然不肯，父亲只好说："那要不把他们喊下来，和你睡？"母亲似乎不高兴了，她有些生气地说："就你瞎折腾，人家小两口儿，你叫他们来给一个老婆子暖脚，亏你想得出。"

我的心被震住了。忽然想起小时候，不懂事的我一到冬天，就把自己冰凉的脚往母亲身上挪，直到焐暖了才肯移开，却从没想过贫血的母亲其实比我更需要暖脚。又想起有次寒假，父亲给我打电话说："你妈这几年的冬天一直都没睡好过。"我开始以为他在说笑,直到现在我才明白,自从奶奶搬到我家,每年冬天,父亲都被母亲指使去给奶奶暖脚。

我望了望女友,她朝我点点头,轻轻推开门,我说:"妈,今天我们和你一起睡。"她先是愣了一下,然后轻轻地笑了。

母亲的脚像冰窖一样,我想,寒冷的天气里,她经常是拖着凉鞋在外面忙碌着,能不冰冷吗?

我把脚贴上去,母亲说:"你的脚真暖和。"然后悄悄地挪开。

不知道为什么,我的眼泪突然流到脸上。我只能贴近一点,再贴近一点,我知道,那样贴一贴,就靠近了一个母亲应有的高度。

74小时的信念

这是一个阳光明媚的下午。她和朋友上了旅行社的汽车,目的地是都江堰。一路上,大家都尽情欣赏着两边的景色。

中午,她和朋友吃完饭,在一家旅馆里住了下来。也许是旅途的疲惫,大家很快进入了梦乡。

但她没有想到,厄运居然就在这个时候降临。她从睡梦中惊醒过来。开始,她以为是朋友在摇床,呼喊了几声,没反应。她猛地意识到是危险来了,下床,来不及穿鞋就往外跑。在摇摇晃晃的奔跑中,她只前进了三米,整个楼房轰然倒塌,一块倾斜的水泥板恰好保护住了她的身体,使她在废墟的夹缝中生存了下来。

三个小时后,她从昏迷中醒过来,当意识到自己还活着,她立刻冷静下来。她开始尽量把身体往里面靠，因为她知道，这个时候一定不能受伤，她得保持体力。她看到对面不远处，有她的一个包，里面有瓶水。

她伸出她的手，移过去，可总差那么一点点。一次，两次，三次……她没有放弃。她告诉自己：只要想活，活下去的信念够强，决心够坚强，就一定有生的希望。也不知试了多少次，她终于拿到了那瓶救命的水。

为了活命，她不得不对自己苛刻，她只有在到了极度难耐的时候，才轻微抿一口，其余的时间，她就强迫自己睡觉。饶是如此，那瓶水也很快就用完了，无奈之下，她不得不用空瓶子来装自己的尿液。

黑夜很快来临，又很快过去，她已经在这里等待了48小时了，但仍然没有等到救援队的来临。她没有绝望，坚信自己最终能被成功解救。

在漫长等待的煎熬中，她终于听到了人的脚步声。于是，她拼足了全身的力气，开始呼喊，尽管声音很虚弱，但还是被人听到了。

经过两个小时的抢救，她被消防官兵们从废墟中抬了出来。没有人敢相信，这个在废墟中掩埋了74个小时的姑娘，除了有些疲倦，一切表现都很正常。

有记者希望她能把逃生的经历告诉大家，她说了八个字：坚强、冷静、乐观、自信。

这是一个真实的故事，她的名字叫周娜。5月16日那天，是她18岁的生日。她的经历告诉我们，只有坦然去面对灾难和逆境，并锲而不舍地去奋斗，才是创造奇迹的唯一诀窍。

最美的人

从没想过与他一起同行。一直以来，他都是我最讨厌的那种男人，小气、虚伪、琐碎、爱算计、爱斗嘴，又极不讲究卫生。可是有什么办法呢？这是老总的意思，一想到要和他共处半个月，我心中就难受了。

去汽车站的路上他一直在向我吹嘘他妻子怎么美、怎么贤惠，他还说邀请我到他家里玩，那里干净又漂亮。我把头扭过去，直想呕。

匆匆赶到汽车站，刚坐上车，他便迫不及待地摸出电话，我注意到他的手上戴了一个手镯，玉的。记得以前他在办公室曾经说过，那是他妻子最珍贵的饰品，祖祖辈辈留下来的。出于好奇，我侧过头，打算问他。

"我先打个电话。"接着他开始拨号码，叽里呱啦地说了一通，听了半天，我只听懂两个字："堂客"。等他忙完了，我问："是打给你妻子的吧？"

"嗯。"他点点头，目光停留在镯子上，"她说这个能保平安，所以我就一直戴着。"他的眼光望着窗外。

看得出他的心情不是太好，出于礼貌，我正想说几句客套的话，他的手机又响起来，他的目光飘过来："我先接个电话。"接着他用纯正的普通话说："我快到了，等下就把费用给你们送过去。"然后挂机，静静地望着前方。

"怎么回事，欠人家钱？"我不解地问。

"不是。"他摇摇头，"我妻子是湖南人，大学毕业后就一直留在四川，到现在都8年了。"他的目光跟着明亮起来，"她喜欢孩子，所以……所以她就领养了一群孩子，并且自己开了家幼儿园，好让这些孩子有地方住，有书读。"我忽然记起，他在路上多次跟我强调这事，说还是免费的。当时，我笑了笑，不置可否，因为我绝不相信有这么伟大的人。

"可以这么说。"他点点头，"今天是月初，正是给孩子送钱的时候。"

"你一直都这样做？"我说。

"自从我妻子离开后，我每个月初都会去一次，这次公司正好去那边办事，所以我就申请过来了。"说到这里，他叹了口气。

"为什么不打卡、不汇款，非得自己送过去呢？"问他。

"要是那样，我也不放心，不知道他们活得怎么样，学习得怎么样。"他认真地说，"反正我有的是时间，我把时间浪费在打牌和旅途上都是一回事，都是过，但是对他们就不相同了。你知道他们最需要的是什么吗？绝不是钱，而是爱和帮助。"

"那你妻子、你儿子呢？他们也在那儿？"

他把身体向前挺了挺："都走了。那一次地震，她为了救那些领养的孩子，没顾得上自己的儿子，也没顾得上自己的安危。"他停顿了一下，目光停留在镯子上，继续着，"虽然我失去了他们，但我却得到了更多的儿子，不是吗？"

我的心深深震了一下，我说："所以你才把那镯子戴上，因为那是你妻子留给你的唯一的东西。还有你每次出行都会给妻子打个电话，尽管没有人回你，但你一直相信天堂里有双眼睛在望着你，在提醒你，你才有活下去、坚持下去的勇气，因为至少，你还有那些孩子需要照顾，是不？"

　　"所以你才不止一次地向公司辞职，你说要照顾你的家人，其实你是舍不得那些孩子，你希望能像你妻子那样，既做他们的老师又当他们的母亲，是不？

　　他点点头，但看得出来，虽然悲伤，但他的脸上一直很自豪。想想也是，有这样大义的妻子，换成是我，也会毫不犹豫地继续她的路走下去。

　　舍小家为大家。我想，这样的男人和女人，不论是在天堂还是人间，都是最美的人。

只因为我是一个兵

　　汽车进入了千佛山风景区后，就没再向前挪动一步。那是2008年5月15日，他们已被围困三天三夜了。他太需要休息了，这段日子，他一直在外忙碌着，他觉得自己像是根绷紧的弦，好不容易才有了几天假期。此行，他想回家和等了他三年的女友结婚，他已经整整三年没看到她了。

　　泥石流肆无忌惮地横冲直撞着，他们虽然躲到了高处，但仍然是危险重重。如果救援的队伍明天还不到，恐怕今晚就是他们人生的最后一个晚上了。

　　他深深地吸了口气。

　　他知道，在现在这种情况下，唯一可做的就是坚持到天亮，可他们已经弹尽粮绝了，每个人都快饿晕了，再加上缺水、缺药品、缺御寒衣物，能否再坚持一个晚上都是难题。

　　刹那间，他做了个毅然的决定，他站起来，朝前面走去，他把外套披

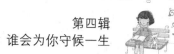

在了两个孩子的身上，又把身上的水瓶取下，放在一个老汉的手上，他继续往前走，每往前一步，他身上便少了一件东西。

他本来是这个车子里武装最齐全的人，可是现在，他却什么都没有了。他走到最前面，旁边一个少妇坐在那儿，渴望地望着自己，他再瞧瞧自己，他只剩下三个馒头了。他弯下了腰。

几乎所有的人都尖叫起来："大兄弟，你不能再给了。"

他把馒头掏了出来，看看，毫不犹豫地递给了少妇，她接住，问他："你自己都没吃的了，为什么还给我？"

他看了看自己身上的军装，笑："不为啥，只因为我是一个兵。"

他移动着疲倦的双腿走回来，他站在最外面，对大家说："我们一定要坚持到天亮，等救援的队伍一来，我们便有救了。"

凌晨的时候，大地忽然动了起来。其他的人都睡着了，只有他清醒着，他开始大声呼喊起来，并指挥着大伙儿撤离。

漆黑的夜里，谁也不知道多少人安全撤走了。

直到天亮，人们才发现少了他，到处寻找，最后还是在撤走的地方发现了他。

他就那么跪着，他的背后是一块巨大的石头，他的怀里抱着一个熟睡的小孩。

他就那么跪在那里。当人们把他抱出来时，他还是保持着那个姿势，没有人说话，所有的人围起来，紧紧地抱着他，像抱孩子一样抱着那个成了雕像的英雄。

那一天，他刚满20岁，他的行李箱里还放着一张刚刚被授予二等功的荣誉证书，他本来是想拿回去给父母看的，他的家里还有个未过门的妻子，一直都在翘首期盼他回来……

来世再做一回父子

那时，他穷，妻子病了，他连块肉都买不起，也没人赊账，只能眼睁睁地看着妻子绝望地死去。他伏在棺材上发誓，一定要活出个人样来。终于，在我刚刚学会走路的那年，他带着我来到深圳。

他认为凭他的勤奋可以创出块天地来。他在郊外租了个房子，安顿了一下，就出去找事做。每天他都回来得很晚，他说深圳有淘不完的金子，那时我并不懂淘金的意思，我只关心他给我带回了什么好玩的、好吃的。

5岁，我想读书了，他把我送进幼儿园，可是只过了一个月他就把我接出来，因为交不起学费，他只好自己去废品站找了几本旧书来教我。我哭、我闹，他就紧紧抱住我说："孩子，相信我，我一定会让你念最好的学校、住最好的楼房、坐最好的汽车。"我坐在炎热难熬的顶楼，感觉他的话像冰块一样瞬间让我的心凉到了底。

6岁，他给我的承诺依然没有实现，我只好每天都站在汹涌的街头，羡慕地望着那些穿着整齐校服的学生，一次次心酸地落泪。

7岁，我依然待在繁华的街口张望，但我不再相信他能给我好的生活。那些说了一次又一次的承诺，只能换来我的一声声嘲笑，终于他忍不住了，起身说："孩子，不是我不能给你荣华富贵，我想干干净净地起家，只是……"之后的几天，我再没看到他，后来才知道他做了不该做的事情。

他出走后的第7天，我站在路口继续等他，远远地就看见他像鱼一样从围墙里翻过来，他左手上绑着厚厚的纱布，右手拎着一袋子东西。见我，他喜笑颜开地说："看，这是爸给你买的。喜欢不？要是不中意，我再去买。"

我欣喜地拿过来，亲了他一口，我说："爸，你好伟大。"那次是我这辈子吃的唯一一次肯德基，也是我在公开场合喊的最后一次"爸"。之后的十年里，只要我看到"肯德基"这个名字，就想起他做的那些事，内心就充满了恨。

有一段时间，他就在家里养伤，我几次问他伤口的事，他总有意地掩饰。

那年的冬天，特别冷，我睡在冰冷而单薄的床上，终于没有坚持住，病倒了。他抱着我去医院。医生说孩子得赶快住院，否则有生命危险，要他去办住院手续，要1000元。他掏尽了所有的袋子，也才凑了107块钱，他跟医生求情，问能不能缓两天，他一定想办法。医生无奈地说，这是制度，他无可奈何。他急了，把我放在凳子上，人扑通一声跪下去。

他的头都磕得出了血，而医生只是鄙夷地望着，不理会这绝望的求助。我已经忘了，当时我们是如何走出这家医院的，但我记住了那个晚上，他仇恨的眼光像火一样燃烧。

我最后还是没的死。我康复的那天晚上，医院就失了火，而这一切据说都是他的杰作。

元旦节那天，我从睡梦中被吵闹声惊醒。我想着他，连忙奔下去，见很多警察荷枪实弹地围在一个珠宝店门口，里面不断有人奔出来。

我鼓起勇气走过去，远远地，就看见他用刀挟持着一个服务员，他的脸上到处都是血，衣服被撕成了碎片，我慢慢走过去，他突然见到我，一张脸顿时变得煞白。我也望着他，只是眼里尽是恨意。我恨我的父亲竟是这样的人，丢了一个男人的尊严。对视良久，我转头就走。

他忽然叹着气放下人质，也放下他手里唯一的战利品：一台收录机。

那年严打，他被判了十年。之后，我去了外婆那里，读书、就业。很多年后，我已为人父，我开始深刻体会到他爱的艰辛与无奈。经过打听，才知道他当时只是想给我偷份生日礼物，没想到被服务员发现，扭打起来……

我连夜去了监狱，刑满释放后他觉得没脸出来，就在里面当了杂工。但他拒绝见我，他觉得对不起我。所长说："其实，他一直想做好人，只是为了你才……"

最后一次知道他的消息，是他所在的监狱发生了火灾，他为了救犯人，受了重伤，我赶到医院时，他已经奄奄一息。我握住他绑满纱布的手，语调低沉地说："爸，有句话我憋在心里很久了，其实在我眼里，你一直是个伟大的男人。如果有来生，我愿意和你再做父子。"他紧闭的双眼睁开了些许，一丝热泪滑了下来。

我的父亲，一生不幸的他，在最后的微笑和满足中，安然离去。

没人能替你走青春

毕业答辩的硝烟刚刚散尽，父亲就迫不及待地在电话里催问："找工作了没？没找就快点找啊。"本来想好好散散心，一听这口气，我便知道旅游的计划泡汤了。

周一起来，父亲再次发来短信，催我立即找工作。我只得带着U盘来到网吧。坐下，打开家乡的人事网，找了几个大点的公司投了简历。

知道工作难找，我没抱什么希望，没想到一周后竟然接到了面试的电话，我立即把这消息告诉父亲，父亲在电话里平静地说："好好珍惜。"

我花了整整一天时间去了解公司的现状，三天后怀着无限希望踏进了公司大门，却被告知得从最基层做起，领导给我分配了工作：发货员。我的心一下子就冷了。

不去吧，怕被父亲笑话，去又觉得大材小用，思索再三，我还是决定硬着头皮上。

原以为发货是件很简单的事，去了才知道这是门细致活儿。又因为是新手，不熟悉业务，结果发货时把型号弄错了，顾客回去时才发现，第二天，火冲冲地跑来算账。经理把我喊过去，又是道歉又是换货，都没能消对方心头之气："你这小伙子，看起来白白净净，想不到做起事情来这么毛手毛脚。"我走上去解释，可越解释，对方的火就越大，看着经理板着的脸，我吓得赶紧闭了嘴。

等他们走后，经理再次把我喊到办公室，狠狠数落了一顿。受了一肚子委屈，回到家，父亲问我今天有什么收获吗？我一言不发。父亲微笑着说："是不是受打击了！"我诧异地望着他，父亲说："年轻人开始工作都是这样，吃些苦受些累是好事，可以让你知道生活不容易，才会好好珍惜啊。"

正在火头上，我对父亲的话不屑一顾。第二天早上，我对父亲说："我不去上班了，我受不了那个气，我要换工作。"父亲生气地说："没听说过吓跑的兵，只听说过战死的兵。"

我不说话了，拿着一瓶牛奶往公司走。在接下来的时间，我踏踏实实地工作。一个月后，我被公司评为本月最佳员工。

那天，我早早回到家，推开门，父亲正在那儿接电话，是经理打过来的，这时我才知道经理原来是父亲的学生，这一切都是他们苦心安排的，父亲看见我时，一点也不感觉到惊讶，他语重心长地说："孩子，我也是为了你好。现在的年轻人，心理承受能力特差，受点委屈动不动就跳楼，所以我宠着你，只会惯坏你。得让你自己慢慢学着长大，因为没有人能替你走青春啊。"

望着父亲花白的头发，想着父亲的苦心，我的泪水再也控制不住，哗啦哗啦就流了下来。

他为什么改变如此之大

朋友生日，我们前去祝贺，来的都是一些老朋友。朋友在厨房忙碌着，而他的儿子，不停地过来给我们端茶倒水。我们都不由惊讶，这个顽劣多年、不知惹下多少大祸的少年居然能改邪归正？

吃饭的时候，男孩不停地给我们夹菜，那份真诚绝对不像做作。大家都好奇地望着朋友，希望能从他的嘴里知道改变顽童的秘密。

朋友的表情却突然严肃起来，他指着墙上的一副遗像说："这都是他的功劳。"

是个慈祥的老人。我们都没有说话，我们知道在这副遗像的背后，肯定有个可悲可泣的故事。沉默了一会，少年上去给老人上了一支香，然后开口了。

那是两个月前的事情了，那时少年正在读初三，由于多次与老师对抗，班主任强令他回家请父母过来。他却没回家。揣着从家里偷来的两百元，上了到成都的火车。

那里，他有一个打工的朋友，他甚至希望在那里找份工作，重新开始自己的人生，赚够了，才体面地回来，好叫那些曾经看扁他的人，颜面顿失。

下了火车，接着坐汽车。正是上班的高峰期，车里人满为患，这时，上来了一位古稀的老人。少年望了一眼老人，突然站起来。

尽管他年少顽劣，但他的本质并不坏，那一刹那，少年心里想的只是，这个背着一大袋米的老人是多么可怜。

他让老人坐了他的位置，然后聊起来。老人是来看女儿的，女儿说她喜欢吃家里的米，于是家里刚打了新米，老人就送过来了。

那是一个炎热的夏日，车刚过桥头，车厢里便传来两声巨大的爆炸声，接着火焰蔓延开来。少年被这一幕吓坏了，老人大喊："赶快砸玻璃！"说着，便开始用手砸，奈何老人力道太小，玻璃没有丝毫反应。少年这才醒悟过来，赶紧取下窗边的安全锤，一锤，两锤……

火越来越大，夹杂着浓烟，少年感觉浑身都浸泡在热浪中，但他没有犹豫，继续敲打着，很快便打开了一个大口子。他大声喊："爷爷，你先走。"老人却喊："没时间了，我都一把老骨头了，你还小，你先走，不要管我。"说着，便推着他往缺口钻。

他从缺口处跳了下来，他转身想去救老人，但一股汹涌的大火从缺口处喷出来，只剩下老人声嘶力竭地声音："去找我女儿，告诉她，我永远爱她……"

他的眼里流下来，他轻轻地说："老人坐在窗口，他完全有机会活下来，是他用自己的生命换来了我的重生，我能不好好做人吗……"

他已经泣不成声。

我们的眼泪也都落了下来，我甚至在脑海里一次次重复那惊心动魄的一刻。这就是人世间的爱啊：父母深情的爱，夫妻动人的爱，亲人关切的

爱，朋友仗义的爱，陌生人无私的爱。这些温暖的爱，无时无刻不包围着我们，我们又怎能不好好地活着，活出个精彩，活出个希望来！

这事让我碰上了

不知道这是第几次劝父亲不要管闲事了，父亲依旧不听，看着不顺眼的，总要说几句，甚至是仗义去"摆平"。但世上俗事，大多是他摆不平的，就算仗义帮忙了，也不见得会感谢。老家屋后有个姓刘的妇女，生了两个娃，却托我父亲给她办独生子女证，她好每个月领点钱。父亲看她死了丈夫，抚养两个儿女，着实不容易，也就爽快地答应了。不知费了多少力，找了多少关系，才把事情办好。可把证给她的第二天，她对父亲的态度就来了360度的大转变，隔老远看见，就躲起来了。

可父亲并没有觉得有什么委屈，他依旧是我行我素。周六，我和孩子正逛着西山，母亲的电话来了。我知道，一定是父亲又出事了，因为昨天才从家里出来，母亲知道我今天带着孩子去踏青，没有重大的事情，她是不会打扰我的。果不其然，母亲在电话里着急地说："快来医院，你爸受伤了。"我顿觉眼前一阵眩晕，我就知道他一定会惹出麻烦，连忙打了一辆车，直奔医院。

邻居杨大叔一脸愧疚地站在门外，见我过来，他连忙说："大妹子，我也不是故意的，是你爸太逞能，多管闲事。"原来，山后头的那块地被老板征收了，老板委托村里的一个会计丈量土地，杨大叔就贿赂会计，把他家的八分地变成了两亩。父亲看不顺眼，就跳出来说他，两人在山坡上

起了争执，杨大叔一激动，就推了父亲一把，父亲便滚了下去。

父亲在医院整整待了半个月。这个周末，我去接父亲出院。结清了费用，我和父亲刚走到大门外，却遇上堵车，一会儿工夫，就堵了长达一公里，摩托车、小车都想从空隙里钻，喇叭声、尖叫声夹杂在一起，格外刺耳。我看着父亲不断把头扭过去，就说："爸，快点走吧，妈还在等着我们吃饭呢。"父亲若有所思地说："这都不知要堵到什么时候，你看，交警还不来。"我知道父亲的心痒了，气不打一处地说："你又不是交警，关你什么事？快走吧，饭都冷了。"

走了十多步，父亲转头对我说："我年轻时，参加过联防队，在交警的位置上也干过一段时间，你就让我去吧，这事让我碰上了，我不能不管。"说完，父亲大步流星地向回走去。我知道父亲的脾气，倔，认定了一件事，打破头也要去的。我只好尾随着。父亲把袋里的袖章摸出来，戴上，开始了疏通道路交通的"工作"。

有人倒车，有人还是不屑一顾地往前冲。父亲就去拦，双方都僵持着。隔了一会儿，那人恨恨地说："算你狠。"说完，钻进车里，乖乖地按照父亲的指示去做。父亲朝我招招手，我明白他的意思，马上跑过去，帮他疏导着。等交警过来的时候，我看见交警和父亲热情地握着手，看情形，像是早认识的老朋友。回来的路上，我才知道，因为南城区在修路，交通秩序很乱，父亲就去那儿帮交警维持秩序，那块袖章，就是那次交警队给他的。

父亲一辈子就是这样乐于助人，我想，要是生活在古代，父亲一定是那种"路见不平一声吼"的大英雄。只是，现实中的父亲，很多人都不喜欢他，在背后还给他安一个"猪老爷"的外号，那意思是蠢得跟猪没什么两样。父亲听了，只是笑笑："你看刚才那种情况，多么混乱，这事让我碰上了，我能不管吗？"

"这事让我碰上了，我能不管吗？"这就是父亲的口头禅，自从他懂事以来，他就一直以这条准则为人处世。当然，也潜移默化地影响着我们。

那天晚上，母亲出乎意料地没有唠叨父亲，因为电视的新闻节目中正在播放着父亲维持秩序的画面，母亲破例给父亲拿来一瓶酒。父亲一口一口地喝着，我看见，父亲的脸色，红润而幸福。

伸出手来爱

谁也没有料到，车在半路上就遭遇了洪水，司机的第一反应就是溃堤了，他紧急把车开到了附近的一个山头上，仅仅几秒钟，洪水就吞噬了整条公路。

正是凌晨，在荒无人烟的山区里，人们感到了恐惧和害怕。大家都下了车，有人开始打求救电话，但警察告诉他们，所有的路都被淹了，车根本过不来。有人开始打家里电话，边打边哭，车厢里弥漫着浓郁的悲伤气氛。

很多人在想，要是有附近的居民来营救，那该多好啊。

到8点的时候，雨停了，太阳也露了出来。

人们惊奇地发现，此时，他们如处在一个孤岛上，周围是肆无忌惮的洪水，而且水位也越来越高，不出三个小时，他们将全部被吞噬。

突然一串童音响了起来："别害怕，我来救你们了！"是个十五六岁的少年，站在十米外的一个山头上，他的手里拿着一根绳索。

本来喧闹的场面突然冷静下来，大家你看看我、我看看你，似乎都不相信这个孩子的能力。

半晌没有反应，少年只好走了，半个小时后，孩子又回来了，他的旁边多了个老人，老人说，河水溃堤了，所以救援队一时半会儿赶不过来，想脱离险境，就得自救。

有一个中年人试图"试水"，但均被湍急的洪水逼退。中年人说："洪水这么急，过不去。"人群再次骚动起来，有人便喊："老人家，我们现在该怎么办？"

老人却冷冷地说："半个小时前，你们可以从立身处朝右边走，有条小径，虽然有水，但还不构成危险，从那条路，你们可以登上山顶，那里有条索道，直通我所在的这个山头。只是现在，你们失去了这个机会。"众人循着老人手指的方向，在半空中果真有条索道，连着两个山头。

很多人羞愧地低下了头，老人转过身来，朝少年说了几句，两个人头也不回地走了。

15分钟后，少年再次出现在对面的山头上，此时他离大家的安身之处，有10米远，中间的一条小径淹没在滔滔洪水里。

少年又说："我来救你们了，谁先来？""我！"一个男孩站了起来，旁边立刻有人扯他："不要去，谁知道他能不能把我们救起？再说了，就是救你，价格也相当不菲，我们恐怕支付不起，还是在这里等警察到来吧。"

少年的眼睛突然有点红了："弟弟，你相信我吗？"小孩点点头说："我相信。"少年点点头，然后把手上的长绳系上铁钩，扔了过来，但因为距离太远，铁钩落在了离岸两米处。

少年大声说："你找根棍子，把它挑起来，然后缠绕在你旁边的大树上，多绕几层。"男孩依言做了。少年又说："现在你可以过来了，伸出你的手，紧紧抓着绳子，死也别放松。"

男孩依言做了，死死地抓着绳子走。汹涌的洪水，好几次把他冲得歪歪倒倒的，10米的距离，男孩足足走了一刻钟。

在孩子的影响下，大家陆续顺着绳索走过来，顺利到达了安全地。

后来有人不解地问少年：你这样不求名、不求利，到底图的什么？少年就给我们讲了一个故事，故事与老人有关。他说，三年前，他和老人去外地，老人因为心脏病突发，当时很多人看热闹，最后还是一名的哥主动把老人送到医院的，还没要车费。

少年接着说："当时我十分感动，我想，这个社会其实也没那么可怕。所以三年来，我一直在努力地帮助别人，我希望通过我们的手，能让爱心温暖这个世界。"

我想，少年说的是事实。其实，这个世界上，人和人的距离，近在咫尺，伸出一双手，相信爱，就能改变你我！

在伦敦遭遇意外

前些天，我突然接到了一份来自伦敦的汇款单，还有一封邮件，信的背面留有一行字：请接受一个忏悔人的歉意。

那是一年前的事了。因为工程的缘故，父亲已经有三年没有回家了，医药公司派我到英国出差的那会儿，母亲把一袋茶叶交给我，一再强调要给父亲，母亲说父亲平常最喜欢这种牌子的茶叶了。

为了能在英国混得游刃有余，我还特意到英语补习班培训了一个月。到了伦敦，处理好公事，我带着茶叶，迫不及待地赶往父亲的工地。

快到工地的时候，车出故障了。为了赶时间，我下了车，在好心人的指点下，抄了一条近路，只有半个小时的路程。

转过一条街的时候，突然一个人影闪了出来，为了躲避，我跟跄几步，差点儿摔倒。是个年轻人，他手里拿着一根管子，可牛奶都溅到了地

上，他的眼里写满了愤怒。

我连忙说："对不起，把你的东西撞坏了，我赔。"他仔细打量了我几眼，说："你刚来英国吗？"我丝毫没意识到危险的来临，诚实地点点头。他眨了眨狡黠的眼睛，然后伸出三个手指。

我说："3英镑吗？那好吧，我出得起。"他却摇摇头。

我说："30英镑？你的牛奶也太贵了吧？"他仍然摇摇头。

我说："300英镑？你这和抢劫没什么两样啊。"他急速地扫了周围一眼，拿出把刀子，低着声音说："本来就是要抢劫你！"

我吃了一惊，下意识地退了几步，抱紧手里的包。

见我不说话，他突然自言自语起来，他说他来自爱尔兰，这次出来，本来是去投靠父亲的，不想，父亲在3天前因病去世了，还欠下了一屁股债。他举目无亲，只好靠行乞和敲诈度日。

我想，这要是在中国，这样的人一定是最愚蠢的抢匪了。正在寻思间，他又说："我知道你一定会笑我，不自食其力，可是我现在也管不了那么多了，我已经3天没吃饭了，好不容易弄到一袋牛奶，你又给弄坏了，我不找你麻烦，找谁啊？"

我不得不承认他说得有点道理，沉思了半天，我说："那我请你吃顿饭吧，就当我向你赔罪。"说完，我拎着包往外走。也许是美味的诱惑，他居然跟着过来。

一路上，我不断试图引导他。他低着头，一言不发。

到饭店的时候，我点了一盘饺子，他也不客气地坐下来。

他好奇地问我："你包里放的什么？看样子，对你很重要？"

"一包茶叶。"

"一包茶叶？"他惊讶地张开嘴。

"是的，是我父亲最喜欢的牌子。我母亲特意要我带过来的。"

其间，我接了一个电话，是公司打来的，饭店里太吵，我不得不走到外面，等我再进来的时候，他已经不见了，包还在，我仔细看了看，茶叶在，钱包里的500美元却不见了。桌子上有一字条：暂借，一年后归还。

尽管这是一次温情的抢劫，但我还是失望极了。我竟然如此愚蠢到去相信一个小混混的话，原以为能凭一片诚心打动他，可我想错了。

我没跟父亲讲起这次意外，怕父亲为我担心。

回国后，因为太忙，我都几乎忘记这事情了，没想到，他还是把钱汇来了。

思绪慢慢回到眼前。他在信中说，他用我的那笔钱，开了家小门面，用心经营，一年下来，不仅还了父亲的债务，还略有积余。他又说，他一直忘不了，那个寒冷的下午，是我请他吃了一顿人生路上最有价值的午餐，是我的金玉良言，最终挽救了他迷路的心。

信的结尾，他问："如果以后遇到类似的经历，你还会再请吗？"

我笑了，轻轻把信折了起来，我想，如果能用我的真诚和热情，挽回一个即将迷失的灵魂，我愿意。

是的，我愿意！

我在美国当宠物保镖

我终于拿到了去美国的签证。正好，表叔也在旧金山上班，母亲便让我去探望他，顺便捎去一袋庐山云雾茶。刚来到旧金山，我便被这片土地的一草一木所深深吸引。

我决定在这里找份工作，我学的是动物学，表叔告诉我，美国流行养宠物，特别在许多空巢老人家庭，宠物的地位比儿女都重要，而美国的法

律又对养宠物进行了种种限制，于是，一种照顾宠物的"保镖"或者"保姆"的新型职业便由此而生。

我选择了一个华人社区求职论坛发帖，也许是因为我的专业，短短半个小时就有10多个人跟帖，最终我选择了一个叫罗田的华裔。

罗田拥有两家公司、一家酒店，由于生意太忙，嗜好养宠物的他，根本没时间来打理。当然，我的佣金也不错，一小时30美元，每天下午上班。

走进罗田的豪华别墅，第一间房子便是属于一只叫托比的比熊狗的，足足有70平方米，虽然旧金山的宠物保护法明文规定，宠物的居住面积，不得少于身体体积的5倍。但一只狗的卧室比我叔叔的房子还大，这着实让我惊讶万分。

罗田不无担心地说，托比性格傲慢，前几天，它曾吓跑了前来求职的女生，还差点儿咬伤其中一个女生。我却微微一笑，说："其实，与狗相处和与人相处是一样的，只要有耐心，尊重它，细心地与它交流，它就能慢慢地接纳你。"

不到一个下午的时间，托比便乖顺地躺在了我的怀里，罗田伸出了佩服的大拇指。

每周，我都会带着托比去美容和上学。在旧金山，有许多这样的宠物学校，专门培训宠物的技能，比如跳火圈，比如学数字……当然学费也非常昂贵，一周两个小时，两百美元。

自从托比受过良好的训练之后，它再也不随地大小便了，每次和我出去，它都会找厕所自己解决，它也不再朝人狂吠。而在我来之前，托比每次出去，罗田都要为它的不停狂吠，支付数百美元罚款。

一次，我带着托比去逛公园，在入口处突然听到有人喊抢劫。由于在平常的训练中，我多次强调这个词，一听到喊声，托比便撒开腿跑，等我气喘吁吁地赶到时，托比正从容地坐着。两个警察已经把一个抢劫犯押进警车。

后来，由于母亲的强烈反对，我不得不辞去了这份工作。之前我还曾想过，进入美国空巢老人家庭帮他们带宠物呢！他们不少人都已高龄，行动不便，儿女不在身边，宠物相伴左右。他们不缺钱，就怕身体发生意外，建议刚到美国找不到职业的中国年轻人可以先尝试干这个，等有了一定的积蓄，你再另做打算也不迟。

体验日本筷子节

去年暑假，我和表弟一起来到了日本东京，姨妈热情地接待了我们。她告诉我们，今天正是日本的筷子节，她要带我们去外面体验一下。

正说着，姨妈的几个日本学生过来接我们。经过一个神社时，那里正在举行供奉筷子的仪式，我们快步走了上去，只见不少赶过来的当地民众纷纷把自己家里使用过的筷子，扔在一个大铁锅里。大约一刻钟后，一个商人开始点火焚烧。姨妈告诉我，这里每年都要举行筷子节，仪式的最后，就是把以前使用过的筷子焚烧，作为供奉。

接着，人们开始载歌载舞。姨妈的几个学生也加入了其中。

快到中午的时候，姨妈的一个学生小岛美子邀请我们到她家。小岛美子的父母都是教师，已经退休了，物质生活优越。

刚进门，我就发现桌子上摆放着十多双崭新的筷子，见我好奇，小岛美子告诉我，日本人在生日或者重大节日时，都会摆上新筷子以示吉祥。我拿起了一双筷子仔细看着，很明显，日本的筷子要比中国的短，而且都是尖头的。

不一会儿，小岛美子的父母端上来两盘生鱼片。我顿时恍然大悟，原来日本人嗜好生鱼片，但生鱼片很滑，于是聪明的日本人便把筷子弄得很尖，使用起来便和鱼叉一般方便。

我们边吃边聊着日本人使用筷子的种种禁忌，比如不能舔筷子、敲筷子或拿着筷子东张西望……

吃完饭，我们往姨妈家走，一路上感慨颇多。日本的筷子起源于中国，经过1300年的演变，最终脱胎换骨成了日本文化的一部分，但渊源里还是能看到中国文化的影响所在。尤其是在改革开放三十多年后的今天，在日本过筷子节，想着祖国的日益强大，于是便快乐起来。

我的心愿是开家孤儿院

半年前，我和叔叔一起来到首尔创业。我们租住在郊区的一栋偏僻的小区里，同我合租的还有一个叫韩民智的韩国人。

都说中国人慢性子，韩国人急性子，这话一点儿都不假。每天早上，天蒙蒙亮，隔壁房间就有了动静，再一眨眼的工夫，韩民智已经提着公文包匆匆出门了。

因为韩民智帮了我叔叔一个忙，叔叔决定请他吃饭，中餐厅。韩民智提前十分钟就到了，吃饭的时候，我和叔叔边吃边聊着，韩民智也不插话，只是在那儿默默地吃着。等主菜上来，我们惊奇地发现，韩民智早就吃完，在一旁休息着。

后来，叔叔的公司慢慢有了起色，我们急需一名软件工程师，韩民智在这个方面颇有能力。叔叔很想把他挖过来，但在韩国，除非是你多支付三倍以上的薪水，否则很难请动人家。叔叔让我去跟韩民智好好谈谈，出乎意料的是，韩民智爽快答应了。我原以为韩民智只是随口敷衍我的，没有想到，第二天上班，韩民智提着大包小包，已经在那儿等候了。韩民智说："你们需要我，看得起我，我怎么能不早点来呢？所以你昨天刚走，我就提出了辞职。"

韩国人的办事效率和敬业精神是不容置疑的。韩民智来叔叔公司不久，就顺利攻克了几个技术难题，为公司创收了几百万。叔叔兴奋地拿了一个大红包给他，韩民智也没拒绝，笑笑就收下了，我心中有些奇怪，却没说出来。

接下来的时间，韩民智工作越来越紧张，经常忙得家都不回，这么辛苦的结果，自然薪水和红包也越来越多。韩民智每次都是照收不误。

圣诞节前夕，韩民智突然神秘邀请我和叔叔去参加一个活动。驱车到达之后，原来是个孤儿院的奠基仪式，叔叔被邀请剪彩。韩民智告诉我，他从小就失去了父母，在孤儿院长大，所以他对孤儿院充满了感情。一直以来，开家孤儿院，帮助更多的孩子，成了他多年的心愿。"这些年来，我一直拼命地工作，而如今，我终于得偿所愿。"我不由对他伸出了敬佩的大拇指。

在美国过感恩节

朋友全家到美国旅游，回来后给我说了很多见闻，其中有一件事让我印象深刻。

正好赶上了感恩节，他们第一站去了纽约，因为那里有他的一个好友，在当地的一所中文学校里教书。一路上，到处都可以见到化装游行的队伍，有戏剧表演的，有体育比赛的，还有进行劳动比赛的，看得他目不暇接，要上地铁了，还迟迟不肯收回目光。

妻子告诉他，每逢感恩节，美国都要放假两天，举国欢庆，家人团聚。快到好友家的时候，他看见很多穿戴整齐、手捧鲜花的少男少女正尾随他们走过来。他惊讶极了，看模样都是学生，这是怎么回事啊？他正想说出他的疑惑，妻子却若有所思地说："应该是去看望老师的。"他脱口而出："今天可不是教师节啊。"话刚出口，他忽然笑了起来，因为美国可没有教师节。

进了门，忽然看见房间里满是黑压压的人头，每个人的胸前都佩着一枚中国结，桌子上则堆满了奥运的各种吉祥物，好友正在厨房里教两个女生炒中国菜。好友自豪地告诉他们，这些都是自己的学生，有的都已经毕业五年了，但每年感恩节都会回来，并且自带材料，为老师做一道地道的中国菜，这已经成了大家多年的习惯了。

一个学生告诉他们，要不是老师救他，他早在水塘里淹死了。另外一个学生告诉他们，是老师把他从自杀的旋涡里拯救出来，他每一年都会来，这已经是第五年了，他希望能趁这个机会奉上自己的绵薄之力，并且真诚地说一句：中国老师，您辛苦了！

正说着，菜端了上来，有辣椒炒肉、虎皮青椒、番茄炒蛋、麻婆豆腐等十八盘菜。学生们都面带微笑地围了上来，深深地鞠躬，再鞠躬。接着房间里飘起了《感恩的心》的旋律，大家都齐声唱了起来。

他们也跟着唱了起来，唱着唱着，忽然就泪眼婆娑。

伦敦市长帮我减压

暑假，我被派到英国伦敦的公司工作，虽然在国内恶补了几个月英语，但一到伦敦才知道，恶补的那套根本不管用。短短一个月内，我在工作中就出现了几次失误，也遭到了老总的严厉批评。

为了散心，我独自一人来到了郊区的一家公园，天公也不作美，不一会儿就下起了麻麻细雨，这使心情本来就糟糕的我突然有了厌世的念头。

正在暗自蹉跎间，有一个中年人朝我这边走来。雨越来越大，中年人迅速钻进了旁边的一个亭子里，而我依然在雨中独行。

"年轻人，过来避雨吧。"中年人朝我喊。见我没反应，中年人再次提高了声音。我指了指自己，用不太标准的英语问："你在喊我吗？"中年人微笑着点点头。

当我快步走进亭子里，中年人便和我聊了起来，当得知我是中国人时，中年人立刻兴奋地说："那太好了，正有一事相求，我妻子感冒了，我看中国的电视台说，喝一碗姜汤就能管事，请问这是真的吗？"我告诉中年人确是如此，如果能多盖一床被子，出一身汗，效果更佳。一席话，说得中年人连连竖起大拇指，直喊："Good!"

我笑了起来。中年人又说："每次工作压力大时，我总会来这里转转，找些有意义的事做，这样，我就能更加发现自己存在的价值。"

看我有些惊讶，中年人顺手将手中的一份报纸递给我，头版上赫然写着一行标题"大嘴市长说大话再惹争议"，我忍不住大声叫起来："你就是鲍里斯·约翰逊市长？"旁边的几个游客也回过头来，朝我们友好地打声招呼，又转过身去。约翰逊笑着说："你看，这些抨击和挖苦的话语，哪句不是一把尖刀？可是，这样能怎么样呢？太阳会因我而停顿吗？所以不管压力多大，生活还是得继续！"我会心地笑了。

约翰逊又说："其实，很多时候，苦闷和压力都是我们自己造成的，不是生活太苛刻了，而是我们对自己要求太高了。一切，都是自己在为难自己。"我若有所悟地点点头，红着脸说："是我太幼稚了，一点儿挫折都承受不起。"

约翰逊微笑着说："你这样想就对了。请记住，苦难和挫折也是你生活中的一部分，任何时候都不要去逃避，正视它，并且勇敢地绕过去。如果你能经常这么想，你就不会再想做什么傻事了。"

我们又聊了一会儿，约翰逊看看手表说："还有十分钟，我得马上赶去参加一个会议。今天很高兴认识你，并且希望能帮上你。"当然，我不会错过这个千载难逢的机会，在他上车的刹那，我们俩紧紧拥抱在了一起。

难忘德国空中餐馆

去德国柏林旅游，除了去看柏林墙和勃兰登堡门外，现在又多了一个去处，那就是去柏林库达姆大街的记忆餐厅吃饭。那是一家吊在50米高空的餐馆，餐馆左边是汹涌的江水，右边则是直逼云霄的高楼大厦群。记忆餐厅就横在中间，好不气派。

我是在安尼玛丽的介绍下，才了解这个地方的。安尼玛丽是我的同事，也是我的女友。因为放假，我们就回到了女友在德国的家。安尼玛丽极力推荐我去那里吃饭，她说记忆餐厅在各大城市间巡游，难得碰上，我说我有恐高症，有点畏惧，但还是经不住她的劝说，答应体验一下。

刚来到餐厅下，发现排队购票的人已经排起了长龙，在交纳了320欧元后，我们顺利登上了餐厅，然后起重机开始把餐厅往上吊，听着风在耳旁呼啸着，看着脚底下的人们变得越来越小，顷刻如蚂蚁，我的心跳到了嗓子眼儿上，女友紧紧抓住我的手说："不用怕，想想这是一次多么难能可贵的旅行，你就不会紧张了。"正说着，侍者走过来，问我们吃什么。我看了看手表说："现在10点，还没到午饭的时间呢。"侍者一脸惊讶地望着我，女友连忙解释说："他是从中国来的教师，他们那里习惯了12点才吃中饭。"接着女友告诉我，在这里，不管你是吃空中早餐、空中午餐、空中鸡尾酒还是空中咖啡，只要是你能想象到的，他们就能做到。

很快，我就看见在其他的游客面前，摆满了各式各样的食物。女友告诉我："德国的火腿和香肠是全球都有名的，种类起码有1500种以上。"接着，她点了最有名的普法尔茨灌肠、咸猪手、炸河鳟、马铃薯汤、酸白卷心菜和全麦面包等食物。

啤酒当然是少不了的，德国是世界饮酒大国，其中啤酒的销量居世界首位。女友告诉我，德国人饮啤酒堪称是海量，就连她4岁的侄子，都是把啤酒当茶喝，一天下来，喝完十来瓶都不成问题。

一杯上等的佳酿，再加上经典的德国名菜，我吃得大呼过瘾。这时，这家餐厅的老板走过来，我连忙和他搭讪。老板告诉我，他经营这家餐厅才半年的时间。半年前，他刚刚大学毕业，申请了一笔创业贷款，联合了几个同学，就推出了这种前卫的就餐理念。没想到，刚推出不久，就获得了消费者的普遍青睐。

现在，这个餐馆已经成了德国人生活的一部分。为了满足消费者的要求，他们只好马不停蹄地辗转于各大城市之间。

就餐完毕，起重机开始移动，带着我们欣赏着浪漫的柏林城市风景，半个小时后，餐厅才从空中徐徐降下，我们刚走到地面上，就听见老板在后面喊我："来自中国的那位朋友，请等一等。"我转过头，只见他快步走上来，握着我的手说："我很仰慕中国的文化，明年想去中国看看，到时就麻烦先生了。"我说："随时欢迎你来，同时，也希望你能把空中餐馆的创意带给我们的学生。"

我的德国合作伙伴

来加拿大打拼的这几年，没少与外国人做生意。其中让我感受最深的，是德国人的生意态度与理念。

　　那是3月的时候，店里来了一个德国人，进来就直奔经理室。我对这个人有印象，基本上每周一，从早到晚，都在我的牛肉店里待着。

　　礼貌性地交谈了一会儿，他说他叫勃拉姆斯，他们公司对我们的张飞牛肉很感兴趣，希望能建立稳定的合作关系。然后他问："你们的各种手续是齐备的吧？"忽然想起叔叔曾叮嘱过，同德国人做生意，一定要真诚守信，我老老实实地说："营业执照的时间就要过了，不过，我下周一就去办。"又聊了一会儿，他从我店里拿了张介绍张飞牛肉的光盘走了。

　　周一，因为忙着和几家供应商谈判，我忘了去办营业执照。下午两点，勃拉姆斯准时来到店里，我尴尬地说："你看我忙得都忘了，真抱歉。"勃拉姆斯微笑着说："没关系，我今天来就是陪你去办的。"见我惊讶，他解释说："这是我们的作风，我们向来只跟手续齐备、信用良好的公司做生意。"

　　过了几天，手续终于办好，我立即打电话给他。没过半小时，他和另外一个同事就赶过来了，接下来双方爽快签订了协约。

　　按照双方约定，他每个月都从我们店里进货5000袋。隔了几天，他突然打电话说："有批货，能不能换一点新的？"顿了顿，他又说，"当然，我不是说你们的质量有问题，你也知道的，从拿货到运到德国再到消费者的手里，这需要一个过程，我们不希望到消费者手里的，已快过期了。如果你觉得麻烦了点，我们可以再加点钱。"我呆住了，想不到德国人做生意，如此替顾客着想，真正把顾客当成上帝来考虑，心里不禁十分感动，我连说："没事，这是我应该做的。"

　　合作了一个月，我发现德国人做事，十分守时，重信诺，合同里规定什么时候提货、什么时候付款，他们从没失信过。有时，如果他们那边有什么新的变化，也会及时和我们沟通。应该说，这是我做生意以来，遇到的最满意的合作伙伴了。我充满感慨地对叔叔说："看来，德国人做生意的方式和理念，确实很值得我们学习。"

上周六的时候，勃拉姆斯突然来找我，问我："你知道皮尔顿公司吗？"我的心一懔，忙问："他们也找你了吗？"他点点头说："是的，还说只要跟他们合作，他们愿意给8折的低价。"我心里暗叫糟糕，不料他却满脸疑惑地说："真搞不懂你们中国人，好好的，合作双赢多好？非得弄个你死我活才甘心，在我们国家就从没有这样的事。即使是竞争，也是公平的，靠质量取胜，而不是利用打价格战来整垮对方。所以，我一口就回绝了他。"我没说话，只是紧紧握着他的手。

后来我想，德国人的经商理念是严谨、规范的，也正是因为无数德国人的这种认真和严肃，才铸就了整个民族无与伦比的凝聚力和良好的世界声誉。

在马达加斯加遭遇尴尬

表弟当上了一家大型旅行社的导游，正好逢放假，在表弟的鼓动下，我参加了去马达加斯加的旅行团。马达加斯加位于印度洋西南部，是世界第四大岛，充盈着浓郁的非洲风情和法国式浪漫。

经过13小时的飞行，我们终于到达马达加斯加的首都安塔那利佛。刚下飞机，表弟特意向我们强调了当地很多和国内不一样的礼仪和禁忌，比如：这里每周二和周四为禁忌日；当地人忌讳代表着死亡和灾祸的黑色；

行车、走路、参观时，应处处礼让年老者。我暗暗记在心中，以前多次旅行，就是因为不懂当地的风俗习惯，闹过不少笑话。

我们在马达加斯加的第一站是东北海岸的著名海岛度假胜地之一——圣玛丽岛。经过一个小时的航行，我们终于到达了有着"热带岛屿天堂"美誉的圣玛丽岛。还没到岸，我突然瞥见远处，有一对新人正从一块突兀的石头上跳下来。我大喊："有人跳水了。"表弟正要阻止我，我却迅速脱了衣服，扑通一声跳下海，奋力向落水的地方游去。一个浪头打过来，我呛了两口水，但为了救人，也管不得那么多了。

凭着以前过硬的游泳本领，我很快就找到了落水的男女，一手夹一个，又喊岸上的表弟帮忙。等我湿淋淋地爬上岸，突然发现岸边聚集着很多人，录音机里播放着动人的旋律。大家都以奇怪的表情看着我。我感到疑惑了，我明明是救了人，为什么不仅没有感谢，大家反而把我当疯子看呢？

表弟告诉我："刚才播放的是《婚礼歌》。"我张大了惊讶的嘴。表弟告诉我，这是马达加斯加的一种游泳婚礼，婚礼开始后，新郎新娘会在亲友的祝福下向深海游去，半个小时后才回到岸上，在亲友的簇拥下，回家举行婚宴。

不过，尽管我破坏了他们的好事，但出乎意料地还是被邀请去参加婚宴。婚宴结束后，表弟问我："以后遇到类似的事情，你还会救吗？"我脱口而出："救！"

找个老外来合租

才来英国，为了省钱，我选择了合租。同租者是个德国人，该怎么形容他呢，我想"大老粗"这三个字用在他身上，一点都不为过。

都说德国人讲效率、重信用，但在他的身上我丝毫也看不出。一次，我朋友20岁生日，他说好了给我借辆车，但到了生日那天下午，他还没有来，手机也打不通。打车回家，他正蒙头大睡。

更为恼火的是，他请假回家，却硬要把房门的钥匙托我保管，说是让我帮他照顾他养的一只小猫。我和他本来没有多少交往，这样随随便便就把房间的钥匙交给外人，我想都不敢想。

打开他的大门，让我大为惊讶，因为里面摆设十分豪华：钢琴、名贵古董、手提电脑、高档沙发一应俱全。随便搬一件，都可以抵我一年工资了。

说实话，谁看了都有一点动心，但我却莫名其妙地心慌起来，也许是他的信任让我感觉到了不安。喂完小猫，我像逃兵一般飞速离开了他的卧室。

此后的半个月内，我都是用最快的速度进去，以最快的速度出来，多待一秒钟，我都会觉得不自在，就感觉背后有一双看不见的眼睛在紧紧盯着自己。

　　还有一次，我陪他去逛街，看到街头有一个小女生在行乞，他马上走过去，把身上所有的钱都给了那个小女生，他还是觉得给得不够，便从路边的一个卖艺者那里借了把小提琴。我急忙去拦，他不解地望着我："为什么？这样不好吗？"我连忙说："毕竟你是有身份的人，这样多不好啊。"他笑了："我们从来不想这么多，只要能帮助别人，就好。"最终，我还是被他的真诚给打动了，也唱歌卖艺了一回。

　　后来，我才知道，我朋友生日那天，他并不是想食言，只是患了重感冒，吃药睡过了头，闹钟都没有叫醒他。

　　三年后，因为工作关系，我辗转来到美国。放下行李，我就直奔租房公司，负责人问我："你希望同什么人合租？"我脱口而出："老外！"

张飞牛肉卖到多伦多

　　三年前，和叔叔一起来到多伦多创业。我当过服务员，也做过服装生意，但结果都差强人意，很快我们俩的积蓄就花完了。已经被逼到山穷水尽的叔叔突然对我说："你不是学过怎么做张飞牛肉的吗？我看这里盛行吃牛肉，没准能把我们的路子给打开。"

　　叔叔一语提醒了我，我立刻到华人市场里找来所需要的五香、陈皮、八角等调料，又买来肉质细嫩、少筋的牛肉，经过浸、腌、抹、煮、烘等程序，不一会儿，散发着醇香的张飞牛肉就做好了。我把张飞牛肉放在篮子里，在附近的小区里吆喝了一下午，但奇怪的是，没有一个老外来买，尽管它色香味俱佳。最后还是一个华人把我的全买了，他友好地告诉我，加拿大人很正统，也极讲究卫生，像你这样弄，就算再好吃，也无人问津。

我和叔叔一商量，决定租个门面。为了能吸引顾客，我特意买了一把塑料大刀，穿上古装，脸上抹上黝黑油彩，站在门外，一边摆弄着大刀，一边大声吆喝："来来来，张飞牛肉，张飞牛肉！里面坐，里面请，要啥有啥。"

我的嗓门儿特大，整条街的人都往这边看，老外本来就喜欢看热闹，再加上可能对张飞的故事比较熟悉，大家纷纷都往店里挤。

做了三个月，生意天天都是爆满。为了能进一步吸引顾客，我特意找来有关张飞的影视资料，做成了一张光盘，这样顾客可以边欣赏三国文化，边品着美味佳肴。

一年下来，除去各种支出，我和叔叔有了5万美元的利润。有一次，一个美国人在店里整整坐了一天，就是不肯走，到了凌晨店里要关门的时候，他终于用生硬的中国话说："先生，这牛肉太好吃了，能不能教我做啊？"

我和叔叔相视一笑，叔叔说："这倒是个不错的主意。"紧接着，我们把旁边的店面也租下了，把门面分成生熟两个制作区，又买来四台电脑，把录制好的真人教学光盘拷到里面。当然，自己加工制作的费用是相当昂贵的，但饶是如此，不少老外也乐意为此大掏腰包，甚至是把全家老小全带来，乐此不疲。

三年来，我们的销售额月月都在不断攀升，到目前为止，我们已经在多伦多开了三家连锁店，拥有员工35人。而我，不仅成就了当老板的梦想，更重要的是抱回了一个痴迷中国文化的"洋老婆"，人生最得意事也莫过如此啊！

罗纳尔多跟我学中文

不久前，我随旅行团来到巴西旅游。正好遇上了"外星人"罗纳尔多的妻子生了一个女儿，要召开盛大的家宴。当得知会邀请20位社会人士参加时，我的心情十分激动，罗纳尔多一直是我最崇拜的球星，如果能受邀参加，那将是我这辈子最美好的回忆了。

按照举办方提供的电子邮箱，我报了名。在信里，我坦言自己是一名来自中国的球迷，非常期待能参加这次盛会，同时我还详细介绍了中国近几年的变化以及即将开幕的上海世博会。出乎意料地，半个小时后，我收到了举办方的邀请信，欢迎我届时参加。

第二天下午，我早早来到酒店。在门口的工作处填写了名字、身份证信息后，我走入了酒店的贵宾席，里面已经坐满了宾客。远远地，一个身穿紫色衣服的中年人走过来和我握手，我顿时惊呆了，此人不是别人，正是罗纳尔多。我以为像这样的大人物，是高傲的，没想到他竟然一路握着我的手，把我领到他的身边坐下。罗纳尔多向席上的嘉宾隆重介绍："这位是来自中国的朋友，我非常喜欢的一个国家，下面我建议以热烈的掌声欢迎远道而来的贵客。"更让我惊讶的是，这桌子上摆的全部都是中国菜，罗纳尔多告诉我，他去过中国三次了，非常喜欢中国的文化，也喜欢地道的中国菜，他还说，他已经接受当地一家公司的

邀请，到时将作为荣誉嘉宾出席上海世博会。说到上海，罗纳尔多的双眼顿时发光："听说那是一座风景如画的城市，我对这次远行充满了期待。"

家宴进行到高潮的时候，罗纳尔多要我教他几句汉语，我当即应允了。我教了他一些简单的礼貌用语，罗纳尔多立即举起酒杯示范说："中国，我爱你。上海，我爱你。"但把"上"字读成了"向"字，引来了宾客们的一阵笑声。我连忙帮他矫正。罗纳尔多说："对不起，我不是故意的。"

散席后，罗纳尔多亲自送我上车，他再次握住我的手说："如果你不介意的话，我希望我们能交个朋友，我也想向你进一步学中文。"我爽快地答应了。

回到租住的房间里，我和朋友说起这次赴宴的事，朋友们都羡慕极了。但我没想到的是，晚上10点，罗纳尔多突然给我打电话，他说："不知道有没有打扰你休息，我希望能多学点中文，方便不？"我告诉他，在我们中国，很多人都要到12点才就寝，现在正是交流的大好时光。于是那个晚上，我们一直聊到凌晨1点。

两天后，旅行团回国，出于礼貌，我给罗纳尔多发了一封电子邮件。没想到的是，就在快上机前，突然接到他的电话，罗纳尔多用字正腔圆的汉语说："中国朋友，我们上海世博会见！一路顺风。"那一刻，我开心地笑了。

一盏灯下的爱

在外打工多年，很久没回家了，很想念家乡的一草一木。六年了，竟有一种近乡情怯的感觉，而家乡的变化，也让心中丛生着一种欣慰一种感动，更多的，是思念与眷恋。我的母亲，一定还在那个屋檐下生活着劳碌着，那是所有思念与眷恋的来源。

老家就在山那边，下车，要经过一条长长的小路。独自一人走在小路上，心里却突然有一丝凄凉，那么多岁月，一切都在改变着，我思乡的心绪，竟怕与那些改变猝然相遇。

老屋还是以前的样子，只是屋门外的那两棵核桃树已经长成了参天大树。母亲正在厨房忙着给我炖猪蹄，她知道猪蹄是我的最爱。每次回来她都要弄上很多，以至于吃不完，倒掉，她也没有怨言。

望着母亲忙碌的身影，这才发现她已经两鬓白发，骨瘦如柴。是的，岁月也让母亲变了，我的眼睛忽然有些濡湿。母亲见我刹那的黯然，微笑着说："傻孩子。"母亲从来都只会说这几个字。这些年，母亲对我，一直都无微不至地关心着，每次我想说些感谢的话，只是没有说出口，在母亲的微笑里，一切感谢的言语都是那么苍白。

吃完饭，我坚持说要洗碗，母亲硬不让。说着："不要你做，站在这里跟妈妈聊聊就好。"于是便聊起了家常，聊起了小时候因顽皮闹出的种种笑话，母亲笑得十分灿烂，她说她好长时间没这么开心过了，那一刻，心被温柔地触动。

突然电话响了，是公司打来的，说有重要的事情需要我回去处理，我看到了母亲眼里的不舍。母亲只说："孩子，你以前不是很喜欢吃饺子吗，现在还喜欢吃不啊？"不想拂母亲的好意，我欣然答道："喜欢吃啊，好多年都没吃妈妈包的饺子了。"妈妈听完我说的话，马上就去擀面团。这时已经是晚上11点多了，我不停地打着哈欠，母亲看着我疲惫的样子，就叫我先去睡了。

半夜里，我迷迷糊糊地感觉到母亲给我盖了被子，这一小小的动作把我惊醒了。因为停电了，母亲便点着煤油灯，紧张地忙碌着。她一个人，在漆黑而孤独的夜里，擀着面，和着馅儿。母亲的手脚明显没以前那么利索了，她手里拿着面皮，把馅儿往面皮里面放，有时馅儿多了，面皮小了，结果把面皮都给胀破了，看着母亲小心翼翼地把面皮扯下，再重新包。那煤油灯是那么昏暗，只能照亮那一小块地方，也照亮了母亲微笑的脸。原来母亲一直没有觉得苦累，她为我在黑夜里包饺子，心里是充满着欣慰与喜悦的。我的眼泪再次流下来，我撒了一个谎，骗了母亲说我现在还喜欢吃饺子，而母亲却是那么认真，竟为我的一个谎言如此开心。我的心中忽然充满了愧疚和感动。

由于要坐早班车回去，凌晨3点，母亲就起来给我煮饺子，我们俩就坐在灶台旁，母亲不停地给我夹着饺子。吃完，天还没有亮，母亲便拿着煤油灯送我上路，夜安静而祥和，跟母亲走在悠长的小路上，我一点儿也不害怕，因为母亲就是我的保护神。有微风吹来，那微小的火焰时不时地熄灭，母亲一次又一次点燃，母亲生怕我摔跤，不停地说："小心点儿啊，这里走的人少草也多。"母亲就这样小心地呵护着手里的煤油灯，就像她一直以来呵护着我的成长。忽然想起，在男朋友家，也遭遇了类似的经历，同样是停电，同样是煤油灯送行。再看母亲，她的眼里依依不舍，我轻轻挽住母亲，深深叹口气。

送我上车后，母亲开始往回走，她的身影很快融入茫茫的夜色中，像移动的一个红点，渐行渐远，但我知道那盏灯下的爱，却犹如一弯皓月，从此，照亮我的漫漫人生路……

让每一个灵魂都能仰视天堂

1921年，普而菲出生于英国伦敦的一个偏僻小区。20岁参军，23岁时因在诺曼底登陆战役中，一人炸毁德军10辆坦克，获荣誉勋章一枚。二战结束后，普而菲退役，成为一名商人。

1995年，因照顾年老体衰的父母，普而菲搬到了莱斯特，居住在一片破旧的小区里。

从2005年开始，因城市发展，普而菲居住的这片居民区将被改造成一个30层的商业大厦。由于开发商给出的补偿金特别高，从年底开始，就不断有居民陆陆续续搬走。但普而菲一直不肯搬走，他的理由是他在这里生活了10年，他都习惯这里的一草一木了，不想搬走。

开发商詹姆斯几乎天天都找上门，但磨破了嘴皮，普而菲就是不愿意搬。不久后，普而菲的父母先后去世，按照他们的遗愿，普而菲把他们的骨灰葬在门前的小山头上，这样，普而菲每天都能仰视自己父母的灵魂。

因为普而菲的拒绝，他成了这里最后一名钉子户，工程被迫一推再推。2006年8月，詹姆斯决定再次提高搬迁的报价，这样原价20万美元的价格，被抬到80万美元，但普而菲依然不为所动。

僵持之下，有人便向詹姆斯提出强制拆迁。提议立即遭到了詹姆斯的拒绝，他说："尊重比利益更为重要。"

最后，詹姆斯只好修改了图纸，普而菲的房子这边被设计成了一个停车场，就立在中央，成了一块独特的风景。

2008年5月，普而菲在参加一次老年人运动会时，意外地从高空坠下，从此再也无法站起来，因为普而菲拒绝进敬老院，本来就无子的他一下陷入了生活绝境。

詹姆斯知道消息后，立即找到商业大楼的总经理格林，双方决定，由商业大楼派专人负责普而菲的饮食居住。

有人不解，问詹姆斯："普而菲一直不肯搬迁，现在他成残疾了，才去讨好他，您不担心这么做，会遭到别人的质疑吗？"詹姆斯说："我现在想到的只是，一个孤苦伶仃的老人，是多么需要别人的关怀。"

从此后，詹姆斯便经常出入普而菲的家里。每天晚上，他都会用轮椅推着普而菲去公园散步。后来，詹姆斯干脆认普而菲做义父，两人因此结下了深厚的感情。

不久后，普而菲因心脏病发作，不幸去世。遵照他的遗愿，詹姆斯把他的骨灰和他父母葬在一起，墓碑上清晰地写着义子詹姆斯的名字。每一周，詹姆斯都会过来，清扫墓地和房间。

2010年8月，詹姆斯在一次意外中死去，遵照他事先留下的遗嘱，他的儿子格林把他的骨灰葬在普而菲的旁边。

而格林也得到了普而菲的房子和墓地。但格林并没有将旧房子拆除，而是把这里改建成了一个广场，房子和墓地依然保存着，并取了一个耐人寻味的名字——"灵魂广场"。

　　"灵魂广场"和普而菲与詹姆斯的故事经电视台播出后，吸引了众多市民过来参观。经格林同意，英国一家人权组织在墓地旁竖了一块牌子，上面赫然写着一行字：让每一个灵魂都能仰视天堂。

第五辑

危机中的你只能做上帝

危机中的你只能做上帝

　　他出生于法国巴黎。两岁的时候，父亲迷上了赌博，这让贫穷的家更是雪上添霜。为了还债，他4岁便被迫去街上讨钱，7岁时更被狠心的父亲卖进了一家工厂做童工，直到12岁，因媒体曝光，他才被解救出来。

　　但是他并没有痛恨父亲，从工厂出来后，他用积余下来的一点工资开了家小店，在工作之余，他慢慢地迷上了舞台剧，常常一个人跑去看，看多了，他就模仿起来，经常一个人饰演着舞台剧的多个角色，他模仿得惟妙惟肖，朋友们都说他有演戏的天赋。

　　有了朋友的肯定，他更加痴迷于舞台剧。后来，他索性把店关了，加入了火云戏社，虽然工资很低，但他却义无反顾地坚持着。但是不久后，一场意外逼得他改变了决定。母亲得了一场大病，为了照顾母亲，父亲也辞去了工作，生活的重担全落在了他的身上。

　　他决定去演电视剧，因为他知道只有那样，才有足够的资金盘活这个家。带着这几年所演的剧本，他敲开了导演的办公室，当他平静地把一切来龙去脉交代清楚后，导演被深深打动了，当即拍板让他饰演新电视剧的二号男主人公。

　　就这样，他一炮走红，凭着水涨船高的片酬，他把家里所欠的债全部还了，又给母亲找了个安静的疗养院休养。

然而，正当事业稳定、生活安定的时候，他却不再接拍电视剧，转而去演电影。朋友说他是傻子，在自己熟悉的领域不趁热打铁，却偏要去一个正处于低谷的领域从头开始。他却一笑置之："给自己点危机，这样才能更好地去挑战和充实自我。"

2003年，他出演了第一部喜剧电影《劳斯一家》，凭借着成熟而富有个性的表现，赢得了所有影迷的一致认同，此片一出，也给低迷的法国电影带来了一番新的景象。2006年，他主演的《OSS117之开罗谍影》系列电影，在法国取得了不低于500万美元的票房成绩，也让法国电影的光芒第一次盖过了电视剧的风采。

2010年，他主演的《小小的白色谎言》夺得了法国电影票房排行榜冠军，放映两周，吸引观众就已经超过281万人次，创造了电影史上的一个奇迹。

而现在，他凭借着在《艺术家》中的精彩表现，爆冷击败热门人选西恩·潘斩获本届戛纳电影节影帝。

是的，他就是被视为法国新浪潮传奇让-保罗·贝尔蒙多传人的让·杜雅尔丹。

他绝对是个传奇人物，他的传奇不仅在于他经历了从演舞台剧到电视剧再到电影的三次转变，而且在于他化解危机的创新意识和敏锐意识，在于他孜孜不倦的奋斗信念和永不服输的勇气。

是什么成就了让·杜雅尔丹传奇的一生呢？"面对危机，敏锐决定，大胆创新，只有这样你才能成为操纵危机的上帝，而不是奴婢，这就是我的成功秘诀。"让·杜雅尔丹说。

守住人生的那抹阳光

她从小就喜欢表演。3岁的时候，她的身影便出现在各种商业广告中，她还曾在福特汽车广告中当过小模特儿。7岁的时候，便在《大都会传奇》里饰演米娅·法罗的女儿。但是，尽管这么优秀，她的表现却还是受到了很多人的质疑。她因此信心大跌，以至于在接演第二部电影时，一场哭戏连演了三天都没完成。导演一怒之下，就找人替换了她，这让她难受极了，心想："我也许真不是演戏的料子吧？"

那几天，她把自己关在房间里，不吃也不喝，心情郁闷到了极点。第三天的时候，才打开门，她想给自己放一个长假，去郊外爷爷家散散心。半路上，她看见两只鸡在打架，弱小的那只母鸡一只处于被动挨打的局面，它后面还有几只小鸡。她很快发现，尽管只有招架之功，但母鸡一直坚持着，等公鸡精疲力竭后，它才开始反攻，公鸡落败而逃。

她有些疑惑，又充满了惊喜。到了爷爷家，她把路上遇到的事说给爷爷听，爷爷告诉她，母鸡之所以能以弱胜强，那是因为它有着必胜的信念。同样，人生也是一样，只有守护着那份必胜的信念，再糟糕的挫折，最终都能克服。她的心被深深震撼了，觉得那只全力保护孩子的母鸡就是她学习的榜样。她暗暗发誓：我也要在逆境中奋发图强，挫折算什么？只要前方还有希望，就一定要坚持下去，一定要成为世界上最出色的女演员！

此后的时间里，她努力地练习着，还经常找一些剧本来演，不怕被人嘲笑，也不怕挫折，因为她坚信，远方一定有一抹阳光是属于她的。

四年后，她出演《夜访吸血鬼》和《小妇人》，凭着精彩的表现，影坛也逐渐有了她的一席之地。

但是，好景不长，正当她的事业节节高升之时，她遇到了人生的另一个坎儿。因受人诱惑，她迷上了毒品，无法自拔。她当然知道这对她演艺事业的危害，她走入戒疗所接受治疗。整整两个月的艰难历程，她硬是挺了过来。

戛纳国际电影节被誉为全球电影史上最盛大的节日，当这年的电影节落下帷幕时，她，将一个窈窕的背影留给了世人。

她的名字叫克丝汀·邓斯特——第64届戛纳国际电影节影后，从3岁开始拍广告，到25岁摘冠，这一路上，她经历了太多磨难和艰辛，但硬是咬牙挺过来了。

是什么成就了邓斯特？

答案是，不屈不挠地与命运做斗争的精神。这是一种坚定的信念和执着的毅力。她曾说过：一个人能有多成功，取决于她面对挫折时的决心。守住人生的那抹阳光，所有的苦难也将变成你前进的一笔财富。

给予朋友帮助你的机会

2008年，李娜在北京奥运会上跻身女单四强，大家一起到酒吧喝庆功酒。扬科维奇突然发现李娜情绪不太正常，便走到她身边说："我们出去溜达一下。"

起身走了几步，细心的扬科维奇便发现李娜走路很不自然，便关切地问："是不是膝盖又受伤了？"李娜默默地点点头。因为膝伤，李娜曾多次退出比赛，而眼下，她正欲"单飞"，这要命的膝伤便成了她的致命处。"如果找不到对策，也许我的职业生涯真的只能到此终止了。"李娜忧心忡忡地感慨。"就是担心这个啊。"扬科维奇笑着说，"让我为你出一份力吧，这事就包在我身上。"李娜感激地点点头。

喝到一半，扬科维奇就借口离开了。晚上打她的手机，也没人接，李娜知道扬科维奇为自己忙活去了，心里备感温暖。

第二天早上，李娜刚到球场，两眼通红的扬科维奇拿着一大包黑色胶布走过来："找了整整一个晚上，才在一个朋友店里找到这种胶布。"扬科维奇抽出一块给李娜缠上，又说："这种胶布叫肌内效贴布，别看这个小东西，它的用处可大了，能在不影响肌肉功能的情况下预防运动损伤。"李娜望着面前两眼布满血丝的扬科维奇，想起这些年她对自己的关心和照顾，一股暖流顿时涌上心头，她没有说话，只是紧

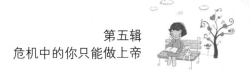

紧地和扬科维奇拥抱。

之后，只要是大赛，李娜都会带着扬科维奇为她精心准备的肌内效贴布上场。在朋友们的关心下，她的心理素质越来越好，水平发挥也越来越正常。在罗兰·加洛斯，她创造了一个新的传奇，第一次打破欧美选手在大满贯赛事上长达120年的垄断，勇夺法网女单桂冠，成为第一个问鼎大满贯赛事的亚洲人，而她在海外的影响也超越了姚明和刘翔，成为很多外国人心目中的"中国第一人"。

生活中，谁都会遇到苦难或不幸，与其一个人苦扛，还不如分点给朋友承担，给朋友一个帮助你的机会，也让真正的朋友知道你需要他们的帮助，他们对你有多重要。多年来，扬科维奇正是这样默默关心和鼓励着她。在拿到法网桂冠后的多个公开场合上，李娜都动情地说："这一生中，我最大的收获不是拿到法网女单冠军，而是得到了比冠军更实在的东西——朋友的帮助和关爱，很多人以为我曾被朋友害过就不再信任别人，事实上，我的心一直是开放的。正如扬科维奇曾说过的那样：如果你想某个人成为你的朋友，那么请他帮助你吧。她和我的友谊正说明了一点，而现在，我正在把这份关爱，传递给更多需要帮助的朋友。"

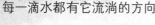

爱是人生中最伟大的奇迹

1941年，副连长季米特里奉命参加在伊斯特腊的对德反击战，但由于战略失策，加上敌人太过强大，季米特里所在的装甲部队遭到了重创，他也被敌人的流弹击中胸部。从装甲车摔下来的时候，他一动也不动，战友们都被吓倒了，就在所有人都以为他死了的时候，他挣扎着站起来，说："只是擦破了皮，没事。"

此次战役后，季米特里所在的部队退到莫斯科休整，他像交代后事般地跟兄弟们叮嘱了半天，然后只身提着手枪向敌占区走去，他的两个女儿还在敌占区的老家里，随时都有可能受到德军的侵犯，为此，他只能日夜兼程赶回去。尽管，从莫斯科到老家只有40多公里，但一路上为了躲避德军，他走了整整一天。

回到老家，正好遇上两名德军战士冲进家门，季米特里从窗口爬进去，击毙了正准备性侵犯的德军战士，扶起了蜷缩在墙角里的两个女儿，他微笑着说："不要怕，孩子们，我回来了。"两个女儿这才清醒过来，抱着他哭成了泪人。

此后的一天时间里，季米特里带着两个女儿，穿越德军的重重封锁线。在这期间，季米特里受了两次伤，至少干掉了10名德军战士。一路上，他依然谈笑风生地跟女儿们讲各地的趣闻，只是女儿们都没发现父亲一天比一天衰弱，到达莫斯科的时候，他需要两个女儿的搀扶才能行走。但女儿们都只是认为父亲太累了，需要休息。

季米特里把女儿送到母亲家门口，说："孩子们，你们进去吧，托你们的口给奶奶问声好，就说她的儿子，没有丢她的脸。"

女儿们惊讶地问："都到门口了，也不差这会儿啊。"季米特里笑了笑，他抱了抱女儿，转身步履蹒跚地走了。

三个小时后，就传来了季米特里牺牲的消息，随行的还有一名记者，他在战场上抢拍到季米特里去偷袭敌军地堡的英姿，不过谁也没有想到，那居然成了他最后的遗照。当尸体运到两个女儿的家里时，大家才发现，除了现在的10多处伤口外，在他的心脏还有一处致命伤，弹片穿越了他的心脏，在他的背后留下了一个干枯了的血洞。

所有的人都感到很惊讶，一个洞穿了心脏的人居然不可思议地多活了两天，而且还击毙了10多名德军战士，没有人知道原因，唯一的解释是弹片太小，没有损伤心脏的神经。显然，这都不足以服众。从年迈的90岁的季米特里母亲嘴里，大家还知道一个消息，在季米特里参军的那一天，老人吻着他的额头说："要死，也要光荣地死在战场上。"

后来，这幅照片一直收藏在莫斯科的二战纪念馆里。前来参观的德国老兵，都会为这个可敬而伟大的苏联"敌人"行标准的军姿。再后来，一个德军二战忏悔组织在这幅照片外又悬挂了一个标题：奇迹。旁加一行批注：是什么能让穿破了心脏的军人多活两天？这个奇迹的答案，只有一个，那就是爱。

友谊是我人生中最宝贵的财富

2011年的世界乒乓球女子单打决赛中，丁宁一路淘汰刘诗雯、李晓霞，捧到了象征着世界乒乓球女单最高荣誉的盖斯特杯，人们在直呼"宁姐"又来了的同时，也称赞她如钉子般的自信、神乎其神的过人球技。但很多人不知道丁宁的成功，身为朋友兼对手的刘诗雯功不可没，她们相互支持相互鼓励，在球场路上携手共进。

丁宁1990年出生于黑龙江大庆，小时候因为调皮，不知道闯过多少次祸，迫于无奈，在体育馆工作的母亲只好天天把她带在身边。就这样，丁宁迷上了乒乓球。后来，妈妈又把丁宁送到了体育馆对面的少年宫，就这样，丁宁认识了"一生之敌"兼铁杆死党刘诗雯。因为年龄相仿，又是老乡，一见面就备感亲切，很快两人便成了形影不离的好朋友。

尽管训练很苦，但每个周末丁宁都会挤出时间安排活动，比如逛街，比如去朋友家里做饭。丁宁说："分一点时间给朋友，也许意味着身上会更脏一点、回家的时间会更晚一点，或者会错过一些期待的动画片，但是与友谊带来的快乐相比，这些代价是微不足道的。"

因为表现突出，1997年刘诗雯去了广东女队，三年后丁宁也去了北京什刹海体校。此后的五年里，南北的距离并没有拉远两个人的友谊，丁宁说，她们一直通过信件联系，共同互勉。

2005年，丁宁入选国家队，这个时候，早进入国家队的刘诗雯已经相当有名了，但这并没有妨碍两人的友谊。两个人住到了一起，见面的时间比待在父母身边的时间还长。针对2009年的丹麦公开赛，教练当时让队员自由组合，尝试与不同的队员配对。当时，丁宁的表现在人才辈出的国家队里并不耀眼，但教练发现，当这对姐妹花组合在一起时，她们的攻击力所向披靡。

其实，丁宁当时的心理压力极大，每天清早起来，她就跑到球馆里练球，刘诗雯经常跑去陪她，刘诗雯说："其实，你的天赋，我们大家都看得到，只要你努力，坚持不懈地走下去，你一定能实现你的梦想。"丁宁非常感动，因为她的偶像是张怡宁，她一直梦想能成为像张怡宁那样伟大的运动员。

丁宁的必杀技是下蹲式发球，但这样的发球对膝盖冲击很大，许多孩子都不堪忍受而放弃，丁宁也一度出现伤病，每次躺在医院里，不管刘诗雯多忙，她都会过来陪伴，给她打气，或者交流心得。

丁宁常对朋友们说："如果不是刘诗雯，也许我早就放弃了打球，她细微的关心是我一直坚持下去的原动力，其实我常在想，真正的在乎并不是那种探索人生意义的深奥谈话，有时一条短信、一个祝你成功的祝愿更感动人心。"

努力不会白费，凭借两人超强的默契和神乎其神的球技，2009年，丁宁和刘诗雯合作摘得了丹麦、中国公开赛女子组双打冠军，甚至是总决赛女双冠军的好成绩，她们俩也因此声名鹊起，渐渐成为国家队女队的主力。

2010年莫斯科世乒赛团体比赛中，丁宁却遭遇到了人生中的滑铁卢，在决赛中第一个出战的丁宁不敌冯天薇，导致中国队最终以1比3不敌新加坡丢掉了冠军。在颁奖仪式上，姐妹花都流下了伤心的眼泪。

这让丁宁很内疚，她一直觉得是自己拖了国家队的后腿，之后的一段时间里，丁宁表现得有点神经质，刘诗雯便经常安慰她说："比赛哪能没有挫折，还记得小时候你和我说过的吗？你说你像钉子，越挫越勇。"

有一次，刘诗雯陪丁宁去孤儿院看望孩子们，丁宁带了好多礼物给孩子们，刘诗雯趁机再次给丁宁洗脑："你这样堕落下去不是办法呀，你看那些孩子拿着礼物多开心，就算他们没有回报你什么，你照样觉得很值。其实打球也是这样，忘记我们所得到的、牢记所付出的，只有这样，我们才能正确对待挫折，才能有动力做得更好。"

刘诗雯的话深深打动了丁宁，再次回到国家队，丁宁已经恢复了乐观、积极的心态。

事实上，为了进一步挑战丁宁的心理素质，在赛场上，刘诗雯可从没给过丁宁任何面子，以前是如此，现在也是如此，但丁宁并没有任何不快，她笑着说："我知道，她是为了我好，强者恒强，我是不会被挫折打倒的，我只会将挫折作为继续前进的动力。"

也正是这样不在乎结果、只在乎过程的心态，让丁宁成为第一个通过比赛拿到世乒赛单打资格的女队员。之后，她过关斩将，顺利赢得了属于她的最高荣誉。

赛后，丁宁曾满怀深情地说："为了友谊我可以全力以赴，只要能得到她们的认同。如果我的成功可以给她们带来一些启示，我会毫不犹豫帮助到底的，对我来说，友谊才是我人生中最宝贵的财富。"分一点时间给朋友，并且彼此提携、共进共退，丁宁的交友之道值得我们认真学习。

像藏獒一样演绎人生

从一个问题少年到现在的中国男乒新的领军人物，其中的曲折和艰辛很少有人体会，而我正在努力地为忙碌的生命找个切口，我希望若干年后，当人们评价我时，会说："这个人比藏獒还凶猛，比水还柔韧。"他叫张继科。

2011年，对于张继科来说是很不平凡的一年，此时，他已经入选国家队9年，多年的磨炼，把原本叛逆的张继科打造成了一个有责任、自信、充满霸气的成熟男人。

2011年注定是属于张继科的胜利之年，在世乒赛中，张继科的抽签并不顺利，他的对手既有世界排名第一的王皓、世界排名第二的波尔，还有世乒赛单打冠军王励勤。起初，并没有人看好张继科，但他说："面对强大的敌手，明知不敌也要毅然亮剑。即使倒下，也要成为一座山、一道岭。"凭着必胜的信念、狂风骤雨般的打法，他力克难关，一步步走上了最高领奖台。教练刘国梁曾经这样说："自从来到鹿特丹后，我一直没有睡好觉，因为一直有一个最大的对手在跟我们抗衡。我一直在担心着，但我又对他充满了期待。"

刘国梁期待的没错，在对抗中国男乒的头号对手波尔时，张继科连赢四局，用劲味十足的霸气进攻将对手淘汰。波尔赛后亲口表示："输给张继科，我心悦诚服。"美国《华盛顿邮报》也赞叹着："第一次参赛，就这么疯狂，全世界也只有'藏獒'张继科能做到。"一个23岁的年轻选手，在被开除、下放磨炼和沉淀后，个性迥异的张继科已经具备了不鸣则已、一鸣惊人的元素，也造就了他今天传奇的成就。

作为中国男乒新的领军人物，张继科从来就没有把自己的脚步停留在哪一步，他现在的目标就是伦敦奥运会，那是他的一个梦，曾经那么远，现在那么近。

张继科说："人平均一辈子只有7次决定人生走向的机会，两次机会相隔约7年，大概25岁后开始出现，75岁以后就不再有了。这50年里的7次机会，第一次不易抓到，因为太年轻，最后一次也不用抓，因为太老，这样只剩5次了，这5次机会里又有两次可能会不小心错过，所以实际上只有3次机会了。"

张继科出生于一个体育世家，父亲从小就希望他能成为足球明星，所以他从小就接受着魔鬼般的训练，每天要进行蛙跳、单腿跳、交叉步、并步、跨跳练习，父亲还带他去锻炼身体的协调性。

但是对中国足球的失望，让父亲替他做出了放弃足球的选择，之后他拿起了球拍。7岁时，他陪朋友去参加乒乓球赛，赛后，张继科无意识地和朋友打了几局，这让一边看球的申蓬华眼睛都亮了，之后，他找到张继科说："你的资质这么好，不打球可惜了，跟我练球吧，我不会让你后悔你今天的决定的。"

张继科也心有所动，回去和父亲一说，开明的父亲说："你要跟申蓬华去练球，就去吧！但是要么不练，要练就要练出成就来。"就这样，张继科师从申蓬华，这一跟就是6年。

在严父慈师的指导下，张继科成长得很快，2003年进入国家队，2004年获得亚青赛团体冠军，这时他只有16岁，是国家队重点培养的队员。但是不久后，因违反队规，被下调回了省队。那段时间，张继科特别消沉，经常一个人把自己关在屋里，谁也不理，一周后，他对父亲说，他希望出国打球，以他的球技，他相信是金子在哪里都会闪光。父亲却说："你真这么走的话，谁也看不起你，大家都会认为你没能力。"父亲跟他彻夜谈心，跟他讲人生哲理，慢慢地张继科明白了：球的境界和做人的境界是成正比的。"要想打好球，先做好人。"这句话张继科一直铭刻在心。

张继科被骂醒了，从小的倔劲儿上来了，从那时起他心里就铆着一股劲儿，他要打回国家队，因为他具备打回去的能力，他要证明给所有人看，他能行。

张继科深知，比赛比的不仅仅是技术，还有意志。为了锻炼自己，那段时间他只能把训练时间加长，其他人都是一天两节课，他就一天上三节课，别人休息了，他还会再找人陪训。

张继科坚持着他的"回归"之路，从2008年的全国锦标赛到2010年的亚洲杯赛再到世乒赛，张继科以摧枯拉朽之势走到了最后。赛后，很多人都说张继科是打疯了，更有人戏言，这位拼命三郎谁也不敢惹。

是不服输造就了张继科的成功，同时也让他更珍惜眼前所拥有的。

张继科说："我认准一件事，就必须得做到。除非我确实能力有限，丧失信心。但打球，从2006年到现在我从来没有丧失过前进的动力。"在属于他自己的舞台上，"别人是一步一个脚印，我就得一步一个坑"。这就是张继科的生活态度，抱着一个梦想，然后一步步地去实现，成功就是这么简单。

中国男队在厦门备战世乒赛期间，张继科得到一个新外号："藏獒"。为什么这么叫呢？刘国梁说："就是说不讲理，什么情况都有可能发生，他的这个潜力，在我看来是最可贵的。"张继科说："我就是那种越到困难的时候，越能激发潜能的人，越到大赛时，整体状态越好，所以刘导说我像藏獒吧。"

于是，第一次参加世乒男单赛，他就扳倒了王励勤、波尔、王皓等世界顶级球员，勇夺冠军。"在我的印象中，世锦赛是空白的，没有失败过，也没有成功过。因为未知，所以才造就了我今天的胜利"。

张继科说，很多运动员都是摆在"有想法"之上，正因为自己像一张白纸，才取得了前所未有的成功。

张继科坦言，其实一直以来，他都希望有一份公开稳定的爱情，但是在事业与爱情面前，他和刘诗雯都只能选择前者，"在通往伦敦的征程中，我们只能一路向前，没有闲暇去谈儿女情长"。

确实是如此，张继科和刘诗雯在2003、2004年相继进入国家队之后不久便擦出了爱的火花，尽管随后，张继科因违反队规被遣回省队，但刘诗雯选择了坚守爱情，直到2006年张继科再度回归国家队。由于两位年轻选手之间的恋爱并未影响成绩，因此队里对这段恋情也采取了默许的态度。

张继科虽然有结婚的想法，但考虑自己还年轻，事业也才刚刚开始，没什么稳定的能力去承担一个家的责任。他常和父亲说："我总认为男人有了稳定的事业，才有资格去爱，所以我们现在只能暂时放下，全力去打拼。"饱经折磨的张继科在认清婚姻的实质后，决定以负责任的态度理性对待事业和爱情。

对于自己的未来，张继科说，他用了整整18年的时间，才实现自己的梦想，但这一切还只是个开始，还有奥运会冠军大满贯，那才是自己追求的目标。

有了目标的张继科不再沉溺于世乒赛冠军的荣耀里，他开始一次次观看世乒赛的技术录像，然后记录在自己的本子上，再认真揣摩，总结经验。世乒赛夺冠后的当天晚上，他再次接到了父亲的电话，父亲说："孩子，你真的赢了。你打得很好，打出了水平，打出了风范。"他说："我知道，但现在不想和你聊了。"父亲感到很惊讶，他接着说："想静一静，回顾一下比赛。你不要给我打电话，也不要给我发信息，我关机了。"电话那头，父亲欣慰地笑了。

张继科并不害怕失败，因为他知道，多年的打磨让他有了像藏獒一样的性格，什么都不怕，什么都敢"咬"，为的只是证明自己能行。张继科也明白自己将来的路并不会一帆风顺，但他会很努力、很执着地走下去，把成功当作勉励，把挫折也当成人生财富的一部分，勇敢面对，永不放弃，只因为他是"藏獒"张继科！

欣赏别人才能超越自我

丁俊晖出生于中国江苏省宜兴市。从小，他就是个安静的孩子，不爱说话，从来不闹，也不淘气。因为成绩比较好，父母对他期望值很高。但丁俊晖对体育却表现出强烈的兴趣，从5岁开始，在几个志同道合的朋友陪同下，去家对面的一个台球馆练习。为了不让父母担心，丁俊晖每天都只练一个小时，准时在吃饭之前赶到家。

8岁那年，因为和几个朋友打比赛，丁俊晖忘记回家了，直到父母找上门来，丁俊晖才知道闯祸了，但深明大义的父母什么也没说，只是鼓励他要练就好好练。

不久后，父母带他去参加一次比赛，他的一记长球引来当时在打球的宜兴台球"四大天王"的赞叹。大家一致认定：这个孩子打球一定会很有出息。这时摆在丁俊晖父母面前的难题便来了，到底是让他打球还是读书呢？

丁俊晖对母亲说："我希望去练台球，像邓亚萍那样出名，那是我人生的目标，至于读书，中国不是有很多球员都是先成名后读书的吗？有体育天赋的孩子不应该套用寻常人的教育模式。"

经过一天一夜的谈心，丁俊晖最终还是说服了父母。他知道机会来之不易，所以练习起来特别刻苦，最疯狂的时候，他一周都没踏出过球馆半步。后来，他随父母南下东莞。1990年，丁俊晖应邀参加亚洲邀请赛，荣获季军，于是，"神童"的称号便不胫而走。12年后，丁俊晖为中国夺取第一个亚洲锦标赛冠军，并成为最年轻的亚洲冠军。2003年，他两度战胜当时世界排名第一的马克·威廉姆斯，并正式转为职业选手。

丁俊晖红了，面对突如其来的荣誉、财富、鲜花和掌声，他的心态发生了急剧变化，从那时起，登上世界第一的位置便成了他生活的目标，他发誓要把那些阻碍他前进步伐的人一一踩在脚下，马克·威廉姆斯如此，亨得利也是如此。

从此，遇到对手，他便如见到仇人般分外眼红。但台球是一门高技巧的比赛，心态往往比技术更重要，因为一味求胜，反而屡屡落败。在2007年的温布利大师决赛上，当以3：10不敌奥沙利文时，还没等比赛结束，丁俊晖就红着眼圈主动向奥沙利文表示祝贺，再被"火箭"哄回赛场完成比赛。此后的两年，只要比得不好，丁俊晖便早早放弃，甚至是当场崩溃。

球迷开始辱骂他，记者也不放过攻击，丁俊晖开始陷入一个由自己和外界舆论共同制造的漩涡里。

尽管，经纪团队尝试了一些方法，但都没有效果。父亲也专程赶来给他打气，说："你是第几不重要，关键是你能给大家留下什么。"

他深受感动，一再告诫自己一定要调整心态。

在父亲的鼓励下，丁俊晖给自己放了个小长假，整个夏天四处旅行玩乐，完全不想斯诺克，连球杆都不带。后来，丁俊晖只身一人来到了英国，惊闻丁俊晖到来的消息，"莱斯特小丑"塞尔比特意邀请他去参加自己的一场职业挑战赛，放开了一切俗事的丁俊晖开心地接受了他的邀请。

坐在嘉宾席上，看着塞尔比毫无悬念地一杆清台，丁俊晖从内心里敬佩这个曾经的敌人。后来，塞尔比特语重心长地对丁俊晖说："当我了解到你现在的低迷状态后，我也替你担心着，我想告诉你的是，你是第几不要紧，关键的是你能给大家留下什么。"

丁俊晖若有所悟地点点头。

回到中国后，丁俊晖像变了个人似的，他不再以个人成败得失为重，开始有能力逐渐控制自己的情绪。在2009年上海大师赛输给奥沙利文后，依然面含笑容，他也因此赢得了所有球迷发自内心的尊敬。2011年斯诺克世锦赛，在半决赛里，丁俊晖携手塞尔比走进比赛现场，心态彻底放松的丁俊晖反而比以往更能全身心地投入到比赛里去，他最终也以13∶10晋级四强，创造了亚洲球员世锦赛历史最佳战绩。也超越梁文博，创造了中国内地球手历史最佳战绩。事后，丁俊晖和塞尔比紧紧拥抱在一起，彼此祝福着对方。

英国发行量最大的《太阳报》曾这样评价丁俊晖："用嫉妒做种子，永远都只能活在别人的影子里，只有懂得欣赏别人，才能做到最好的自己，也才能真正超越自我。"事实上，正像塞尔比所建议的那样，丁俊晖目前不再追求世界第一的名头，"世界第一其实也就是个名头而已，与其在这个位置上如流星般短暂停留，我更愿意被大家长久地记在心里"。面对记者采访，丁俊晖微笑着回答。

水，就那么深

那年，他大学毕业后，怀着一股冲劲去了深圳。从一名业务员做起，三年后爬到了业务经理的位置。后来，他开了一家属于自己的公司，虽然不大，但他雄心勃勃地想做大做强。

为了实现梦想，五年来，他从没回过家。他一直都觉得自己不孝，即使是除夕，也只是花上几分钟给家里打个电话，然后就投入到了紧张的工作中。可是他还是遇到了困难，竞争对手买通了他的设计师，以至于设计出来的产品，都出现了这样或那样的缺陷，无法通过买家的验证，按照合同规定，如果一周之内，交不出满意的产品，他便要面临数倍的违约金。

去找设计师，但早已不见踪影，虽然怀疑是竞争对手，但又苦于没有证据，那一刻，他几乎崩溃了。人在脆弱的时候，总会想起最亲的人，他也不例外。在和母亲长长的电话中，他一个劲地聊着童年的往事，末了，他说："我回家待待。"母亲只说好，也没问他任何有关工作的事。

他决定放下一切俗事，大不了，操起父亲的锄头，过面朝黄土背朝天的生活。

是父亲在火车站接的他。接过行李，父亲很热情地和他说村子里这些年的变化，本以为父亲会问他为什么突然回来，是不是工作上出了什么问题，但父亲却只字不提。

吃过晚饭，父亲突然提出要去池塘游泳，他本想拒绝，因为他是怕水的，长这么大，他从没下过那口池塘，也不知道深浅，可万念俱灰的他还是答应了。

　　走到池塘旁，父亲毫不犹豫地跳了下去，见他还犹豫，父亲便语重心长地说："这水，不深，你下来试试就知道了，如果你不下来，你永远都不知道水其实并没那么可怕。"父亲悠闲地在水里玩耍着。

　　父亲说："孩子，你下来吧，我教你怎么游泳。"他想不明白，一向很忙的父亲，为什么今天这么有闲情教他游泳，而且是在忙碌的7月。

　　但他还是小心翼翼地走了下去，水慢慢地淹没他的身体，在父亲的指导下，他坦然处之。他想，下水其实也不是那么恐怖的事情嘛！

　　充分熟悉了游泳的要领后，父亲开始让他尝试着自己游，虽然呛了好几口水，但他终究还是学会了，他像鱼一样在水里摆动着，还大声地对着水喊起来："我终于不怕水了啊。"

　　他对父亲说："其实，水就那么深啊。"父亲拍着他的肩膀说："是的，水也就这么深啊，困难也就那么多啊。"

　　那一刻，他顿时恍然大悟。临行前，还是父亲送的他，父亲从手中摸出一张存折说："这是你母亲这几天为你准备的，我们知道你肯定是遇到了难题，我们能帮的也只有这么多，如果实在不行，就回来吧，家里还是有你吃的饭。"

　　他决定去找买家谈谈，他愿意承担一切损失，出乎意料地，买家再次宽限了他一周。在这一周里，他和员工们加班加点，终于赶制出了符合买家要求的产品。后来，他的公司越做越大，虽然依旧会遇到很多困难，但他总是直面解决。因为，他一直都记得父亲和他说的那句话：水，就那么深。

让爱冰冻五分钟

五一节去姑姑家，姑姑告诉我一件事："你二叔快和杨大哥打起来了。"我顿时吃惊不小，二叔和杨大哥都是社区里的模范代表，都是喜欢热心帮助别人的良好市民，这两个口碑不错的好男人怎么就闹腾起来了呢？

记得前年我研究生毕业后刚回到家，二叔和杨大哥同时来火车站接我，那个时候，他们俩关系很铁，有事没事地经常彼此串门。

然而就是这么两个看起来和睦的人却因为子女闹起了矛盾。

事情是这样的：因为两家关系好，二叔和杨大哥的女儿小玲、小莉也经常一起玩。有一次，两个小丫头便商量着去野外探险，谁知在摘农户家橘子时，小玲被农户家的看门狗咬伤了，小莉临危之下，拿起砖头把狗给打伤了，这样一来，农户不仅拒绝赔偿，反而向她们索要爱犬的医疗费、营养费，还闹到了杨大哥的单位。

杨大哥很生气，因为是二叔的女儿提的建议，他便去找二叔理论，让他出伤狗的钱，二叔不肯，自然就吵起来了，若不是姑姑及时赶到，两人现在怕是都住进了医院。

现在两人闹得很僵，谁都护着自己的宝贝女儿，谁也不肯让步，还闹到了居委会。杨大哥主意已定，就算是打官司，也要给自己的女儿讨回一份公道。

我连忙赶去居委会，正好赶上居委会的管理人员带他们去医院。来到小莉所在的病房外，居委会的人说，现在你们都别给自己的女儿说好话了，只要五分钟，看看孩子们怎么说。

说也奇怪，居委会的工作人员还没开始讲话，一直陪在小玲身边的小莉主动承认了自己的错误，表示愿意承担一切费用，说着便把自己多年积攒的零花钱掏了出来。而小玲也把自己的零花钱拿了出来，她说，要不是自己提议去野外探险，要不是自己提议去偷橘子，便不会发生这么多的事，赔钱的应该是她而不是小莉。后来，两个丫头去农户家道歉，还帮他摘了半天的橘子，出乎意料地，农户不仅没要她们赔钱，还认了两个聪明伶俐的小丫头做干女儿，还说要帮小玲出医药费。二叔和杨大哥冰释前嫌，关系也更好了一层。

爱，冰冻了五分钟，却产生了一百八十度的改观。往往事情出现糟糕的结果，是因为爱太深的缘故。把爱冰冻五分钟，让事情回归理性的怀抱，再坏的事情也会慢慢好转起来。

路过一颗颗爱的心

那个夏天，是她这辈子最幸福的一个夏天，因为她看到了爱，看到了所有白云后面的柔情蜜意。

其实，她本来是应该痛恨这个世界的，自她懂事起，她就知道自己是个瘸子，生母无情地把她遗弃在大街上，虽被好心人收留，但她并不心存感激，她甚至怨恨上帝的不公，给了她一张漂亮的脸蛋，却又给她一双长短不一的腿。

因为自卑，她从小就不愿往人多的地方去；因为自卑，她的脾气也变得越来越暴躁，动不动就摔东西，父母亲和哥哥都忍着她，她也越发放肆。

7岁，到了该上学的时候，她拒绝去，大她一岁的哥哥硬是把她背到了学校，可还没到两个小时，她就一瘸一拐地回来了。无奈之下，哥哥只好给她买来书本，然后一点一滴地教她读书写字。她倒是学习得很认真，每次哥哥从学校里带来的试卷，她总能以高分完成。哥哥说，她的确是块读书的料。也正是那个时候，她才觉得生活有了一点意义。

她也就真的去学校读书，插班到了哥哥所在的班级。虽然她依然自卑，依然不和同学交往，但丝毫掩盖不了大家对她的尊敬。

小学毕业的那次考试，她以全校第一的成绩考进了重点初中，高兴的父母给她买了一双漂亮的鞋子，却被她扔得远远的——看着我这样，还给我这么漂亮的鞋，不是存心让我难堪吗？

她拼命地学习着，只为离开这个让她讨厌的家，一个人去远方，越远越好。

那个高考后的夏天，当得知她和哥哥都被心仪的大学成功录取时，她再也按捺不住心中的激动，可是她也知道，现在的家境，他们中间只有一个人能如愿。

她好几次想和哥哥商量，想让他放弃，可是欲语又止，谁不希望自己能读大学呢？一连好多天，她都看见哥哥郁闷地在房间里走来走去，不说话，也不理人。

后来哥哥说："我们跑步决定吧，谁赢了谁就去。"虽然身残，但

是她知道这次比赛，她一定会赢，因为赛道是她选的，那是一条曲折的山路，在几棵小树苗之间，她用细绳连了起来。她知道哥哥跑得快，所以她把时间选在了黄昏，那个时候，谁还会注意地上有没有绊脚绳呢？

果然，比赛的时候，哥哥像一阵风似的向前飞，她则一瘸一拐地在后面跟，然后，她便听到哥哥的惨叫声，她不紧不慢地从摔倒的哥哥身边走过，顺利到达了终点。

可是让她想不到的是，哥哥的脸上没有一丝恨意，她永远都记得哥哥把录取通知书交到她手里时说的一句话："让我永远以你为傲。"

后来，她才知道，哥哥是故意摔倒的，为的只是她的自尊。哥哥说："让她去读吧，我去打工，赚钱养她。她到哪里，我就到哪里打工。"

后来，她才知道，其实这些年，哥哥成绩都比她好，只是每次都故意做错题，哥哥说，那样会让她觉得学习更有意义。

后来，她才知道，哥哥和父母一直都深爱着她，逢人就说她的好，以她为荣，以她为傲。

"感谢上帝，让我遇到一颗颗爱的心。"她在大学新生动员会上动情地说，"虽然残疾，可我觉得活在幸福和温暖当中。是爱，给了我拥抱阳光、放开心灵的勇气，让我冰冷仇恨的心渐渐温暖。"

后记

奋斗的年代，我常常会想起自己如花似玉的青春，一群志同道合的朋友，各自在自己奋斗的路上努力前行。有想当科学家的，有想当作家的，有想做老板的，一个寝室六条汉子，个个都在摩拳擦掌地奋斗着。

那是一段幸福的时光，虽然大家穷得只剩下理想，甚至，周末去吃火锅时，为了省五毛钱车费，可以走上五六里路。没有人笑谁寒酸，大家都是平等和相互尊重的。

在我进工厂的第二年，朋友提出自己开一家超市，因为他父母身体不好，一直卧病在床，等着他赚钱照顾。有人便说："要不，大家给他帮忙吧。"朋友沉默良久："我没工资给你们发。"大家就说："都是好朋友，只要你父母能早点好起来，我们也就心安了。"我接着说："是啊，当老板不就是你的梦想吗？在奋斗，就不寂寞。"

店面是我们选的，装修也是我们弄的，看着我们为他忙这忙那的，朋友甚是感激。接下来的时间里，超市顺利开张了。因为服务态度好，价格又便宜，很快获得了顾客的青睐。那几年，朋友的超市越做越大。

然而，当朋友的分店开张后，大伙儿便集体退了出来，用他们的话说，朋友已经不需要大家了，他可以独立处理自己的事情了。于是，我又听到大家追赶梦想的声音：中科院的复试已经通过了，大家祝贺我吧，我的第十本新书快出版了，我的梦想快要实现了……

奋斗如金，总能激起我们一层又一层的斗争，奋斗似水，总能冲走一些年少时光里的坎坷与碰撞。在奋斗，就如同行走有了方向，飞翔有了目的。

　　在奋斗的日子里，我们不寂寞，因为我们还年轻，我们在用双手改变自己的命运，所有的艰辛和痛楚都是为了明天的成功。明天是多么美好，我们今天的一切，都在奋斗的怀抱里。

　　未来笑意盈盈地向我们伸出了双手……